文芸社セレクション

朝が来て、晩が来る

桃丞 優綰

TOJO Yuwan

文芸社

目次

朝　予告された死

一　一日目

いつも通りの朝。いや、いつも通りの朝と感じるときは大抵清々しい朝だ。澄んだ空を駆け上がる太陽が、暗い世界にエネルギーを充満させる。広い場所へも狭い場所にも。隙間を縫ってその領土を広げていく。たとえそこが窓に閉ざされようとも、カーテンに閉ざされようとも、瞼に閉ざされようとも。そのエネルギーは閉じた世界を開放させる。

私は大きな伸びをした。気持ち良い。

これは習慣なのだが、私は朝起きると昨日書いた日記を読み返す（ところで私に日記を書く習慣があるということは言わずとも知れよう）。これは昨日までの反省を元に、今日の体調を考慮し、一日の予定を立てるためである。この作戦は大変優秀であり、私はこれのおかげで約束事を忘れたり、期限に遅れたりということがまず無い。また大抵の行動に迷うことも無いため、要領良く的確な判断ができるのである。たかだかこれだけのことをするだけで私は世の中から評価され、エリートとして、勝ち組として生きてきた。良い習慣を得ることができたものだとつくづく思う。

ふむ、ところで昨日はわが社の命運を分けるプロジェクトの行程として、共同参画を持ちかけている会社に企画書を提出した。手応えは十分。きちんと根回しはしたし、そんなに生産性の低い話ではない。今日辺りにも返事は来て、共同会合の予定を決める手筈になるはずだ（ああ、そうそう、このプロジェクトは勿論私が主導で預かっているものだ）。とりあえず、今日のところは会合日の候補を決めておく程度で十分だろう。あとは、まあ企画書の内容について質問されそうなところを押さえるくらいか。

おっと、朝食を食べるか。

私はもういい年なのだが、配偶者はいない。当然、というか恋人もいない。別に興味が無い訳ではないが、この習慣の唯一の欠点と言うべきか、どうにも恋愛を発展させるのには不向きなようである。というのも恋愛を復習するとか、恋愛の予定を立てるとか、男児としてどうにも違和感以外の何物でもない。必然私の頭の中は仕事や勉強といった、社会的なものにばかり支配されてきた。非常に生産的である。

まあ、なるようになるだろう。と、言って、もう十数年か……。とにもかくにも、そんな私にはこれといったプライベートな予定は無い。別段熱を入れている趣味もないからだ。趣味がないというのも恋愛のそれと似たようなものである。まあ、ようは私は仕事に生きてきたタイプだ。そう言えば格好はつく。おそらく周囲にも予定びっちりの仕事バリバリ大真面目野郎として映っているだろう。まあ、否定はしない。

　さて、朝食は食べたし、新聞でも読むか。

　新聞を朝食の前に読む人と後に読む人がいると思う。私はと言うと後者だ。理由は簡単明瞭、朝食を作ってくれる人がいないからである。前に読む人というのは誰かが作っている傍らに読むのだろう。私とは縁遠い話だ。まあ、だからと言ってこれと言うほどのデメリットも無く、むしろ好都合なくらいだ。朝食を作りながら、摂りながらニュースを見て、気になるところやニュースで流れなかったところを新聞で掘り下げて見る。効率いいじゃないか。なんともね。

『今日の星占い。いて座のあなたは残念ながら最下位です。今日は予定外のことに見舞われそう。周りの人を大切にしましょう。ラッキーアイテムは水晶玉――』

　星占い。なんとも信用し難いものの一つだ。占いなぞというのは、信じるだけ馬鹿を見る。当たったためしなぞ無い。が、しかし流れで見てしまう。当たらない割にはニュースや新聞の端にはちゃっかり載っていたりする厄介な奴だ。厄介というのは、順位が良ければいいが、悪ければ一日の気分が台無しになる。ああ、本当に気分が悪い、チャンネルを変えてやる。

『今日の最下位は、いて座のあなたぁ〜。悪いことに悪いことが重なって、気分は最悪。周りの人に当たって、関係を悪くしないように要注意。ラッキーカラーはピンクーー』

ああ、全くどこの局もろくなもんじゃない。大体、星占いというのはどれもこれも同じ結果なのか。いや、まあ同じ占いなのだから当然か。しかし、私は以前、違う局だと違う結果だったことがある。やはり占いなど当てにはならないと思ったものだ。まあ、たまには同じこともあるんだろう。全くもって不愉快だ。……因みに新聞にはなんて書いてあるのだろう。きっと違うに違いない。

『いて座。恋愛運、星二つ。仕事運、星一つ。総合運、星一つ』

見なかったことにしよう。いや、そろそろ新聞社を変えることも検討しようではないか。さあ、支度だ支度。雑念を捨てて生きようではないか。仕事だ仕事。

二　二日目

いつもよりも静けさが目立つ朝。朝というのはほんの少しのニュアンスを加えるだけでこんなにも情感が変わるものなのだろうか。無論、季節の変わりで朝が変わるのは知っている。が、今日のはまたそういったものとは違う。静けさが不自然に感じられるのだ。こんなにも私と調和しない朝があるものとは。

ふぁあ。

眠い。まあ、占いを信じる訳ではない。訳ではないが、一応気をつけてみようではないか。

コホン。

うむ、まずは日記で昨日の復習だ。まあつまりあれだ、私が信じもしない占い屋に行った経緯なのだが、あれは朝の星占い然り、移動中のラジオの星占い然り、目撃してしまった電光掲示板の星占い然り、街頭をうろつく占い師の急な脅迫然り、次いでプロジェクトのミスの発覚である。相手社長の名前が間違っており、また裏付け資料が一部届いていなかったらしく、交渉決裂。予定外が過ぎる出来事が起こった。断じて私のせいではない。部下の管理が甘かったのである。と、怒鳴り散らしてしまったために、社内での評判もガタ落ち。私は精神的に追い詰められていたのだ。

ふむ。

そんな折に、私は帰り道に一人の女性に出会った。なんのこともない、転んでいるのを助けただけだ。女性はピンクの色をしたスーツを着ていたのだが、転んだ場所が悪く、かなり服を汚してしまっていた。決して、朝聞いた占いを思い出した訳ではない、一人の人として当然のこととして助けたのだ。で、まあ事の流れとして一緒に喫茶店に入って話すことになり、彼女は占い師だということを知った。なにやら彼女に言わせると彼女自身もまた不幸な日だったらしい。そんでもって私と会うことも予見していたらしいのだ（もっとも、私個人を予見していたわけではないようだが）。

まあ、私はというと占いなどは信じていないものであるから、正直彼女の占い事情などどうでもよかったのだが、彼女が強く直接占わせてくれというからには、断る訳にもいかずに占ってもらったわけだ。さてはて、その結果が問題なのである。いささかに宜しくない、縁起の悪い結果となってしまった。

え〜と。

つまり、余命一週間以内ということなのだ。信じない信じないと散々言ってきたものの、立て続けの不運といい、女性の心からの心配する目つきといい、様々な占い結果といい、なんとも軽視し難い感じになったのはわかって頂けるだろうか。

はあ。

さて、余命一週間以内と言っても対策があるとかで、以下のことに気を付ければ助かるのだそうだ。

一、朝早く起きること

二、水害に気をつけること

三、人に奉仕すること

特に今まで悪行を働いた記憶は無いが、不運を軽減するには善行が一番というのだ。全てを守れば逆に運命が好転するとか、あるいは運命の人がどうとか言っていた。三の人に奉仕することはだいぶ念を押されてしまった。一に関しては私は習慣として六時に起きる習慣があったため、既に達成されているような気もしない訳ではないが、念のため本日のように五時に起きることにした。さて、問題は二の水害云々である。人間というのは水無しには生きていくことが不可欠なのであるからにして、避けると言っても程度が知れている。むしろ、人間が水でできている時点で避けようが無いと言っても過言ではない。そこのところを聞いてみたところ、どうやら死因は事故死になる可能性が高いとかで、その事故を避ける手がかりにして欲しいということだそうだ。なるほど、そういうことならばと納得した。が、まあこれも念を入れて極力避けるよう尽力しようではないか、どうせ一週間やり過ごせばいいだけなのだから。と、いうことで私は早速食器をゴム手袋をしながら洗っているわけだ。水分補給も果物を中心に控え目にしている。

なにはともあれ、そういうことになってしまった。今日からいささか面倒臭い日々が続きそうである。が、持ち前のノウハウで乗り切ってみようではないか。本当に死んでしまうことはどちらにせよ無いであろう。ではでは、出勤の時間である。

三　三日目

空が暗闇と言えど雲はある。朝方の雲は夕方のそれと同じく、また、少し違った感じでもあるように様々な色を伴うことがある。橙、赤、紫、白、灰色。そして、暗闇の中では当然黒だ。私が好きなのは真っ青な空に浮かぶ白い雲である。あれはまるで広大な風景画を見ているようで心地良い。もっとも、風景画がその空を模しているのだが。とにもかくにも、対照的な黒ともなると嫌いである。あの雲を見るだけで気持ちがどんよりする。

ふははぁ。

なるほど。この一週間一筋縄ではいかないようだ。とりあえず、昨日の日記を読み返すことから始めるとする。

一昨日のこともあり、会社での立場はだいぶ宜しくない状況であった。が、まあ人に奉仕するにはちょうどいい機会であった。半ば必然的に積極的に雑用をしてやった。ただし、お茶入れだけは避けたが。まあそんなこんなで訝しげな表情を残しつつも、立場の回復には結び付いたと思う。

昨日の出来事と言うと、正直それだけであるが、普段使わない気を使ったためか、だいぶ疲れた。順風満帆と言えるほど体力というか精神力が持つかは少しばかしわからない。朝がいつもより早いというのも地味に効いている。対策として早めに寝るようにはしているが、きっかり一時間早く寝られるわけではない。今までのノウハウなり、身体的リズムがなかなか追いつかないからである。

ふ～ん。

と、そんな話は大したことでは無い。万物の源たる水。それを避けることなどできぬのだ。外を見てくれ。雨だ。全くもって不運とはこのことを指すのだろう。いや、おかしいか。ともかく、今の私にとっては大災害である。一週間くらい待っていてくれないものかと真に思う。これほどに雨に嫌悪感を覚えたのは生まれてこの方初めてである。

くそったれ。

会社を休んでしまおうかとも頭に浮かぶが、私は仮病など嘘の類は専ら嫌いであり、普段からそう豪語している手前、休むわけにはいかない。そもそも本当に休んでしまったら私が本当に占いを信じているみたいではないか。お生憎様、早起きのおかげで時間はあるのだから、止むことを願いつつもゆっくりと雨よけをする算段を立てればよい。歩に気を付けていれば事故もなかろう。

合羽と、傘を差せばいいか。

ここにきて、早起きが有効になったわけだが、これを占い通りと見るか否か。素直に頷けないのは私の偏見によるものだろう。ただ、どちらにせよ守らば嵐は防げるはずだ。破ってわざわざ冒険する必要もなし。だが、なんだろうかとても不本意である。何か無性に腹が立ってくる。そもそもにおいて何故私は死なねばならないのだ。意味がわからない。前にも言ったが、これといった悪事を犯した記憶は無い。むしろ善行と言っていい行いをしていると思うのだが。怠惰もほぼしていないと言うのに。全くもって神のさじ加減というのは理解ができない。だから、神やら占いやらは嫌いなのだ。理不尽と屁理屈の産物だと理解している。宗教家等を見ると、よくもまああんなものにすがる気になれるものだと心底思う。

まあ、私の罪と言えばこの不信心くらいであろう。しかしながら、これも別段苛烈な行動や言動でどうこうというものではない。私個人の思想であり、はっきり言ってその個人の思想にまで神とやらに干渉されるのは気に食わない話である。上っ面だけの宗教家だっているだろうに、そういう人に加護があって罰が無くて、私のようなものに加護が無くて罰があるなど、どういった道理であろうか。だから、神など占いなどは信じられないのだ。

『降水確率は七〇パーセントです』

なに。七〇パーセント。

占いの次に当てにならないものの筆頭は天気予報だろう。外を見てから言えと言いたくなる。既に降っているのに七〇パーセントだの戯けたことを言う。無性にむしゃくしゃしてくるではないか。全く、世の中は一体どうなっているのだ。

あ〜もう。

さっさとこんなところから出てしまおう。

四　四日目

遠い果てにある地平線。そこからひょっこり顔を出すのは我らが太陽である。明るく力強く輝きを飛ばすそのエネルギーが、何故だか久しく感じられる。

はぁ。

このエネルギーを伸び伸びと一身に感じられればどんなに気持ちがいいだろう。果たしてどうしてこんなことになるのやら。ゆっくりと、昨日を振り返ろうではないか。

ご存じの通り、昨日は雨だった。元々好きでもない雨に対して、史上最悪の嫌悪感を抱きつつ出社したまではいいのだ。別段危険な出来事も無く出社できたのだから。が、あれだ。会社の皆も当然の如く雨が嫌いであり、奉仕の態度に出ている私は否応なしに外回りの営業を任される羽目になった。私の後頭部を始めとする、髪に隠れた血管が異常に膨れ上がったのをご理解頂きたい。

とまあ、そんなことはどうでもいいのだ。大切なのはこの後である。雨の方の仕事は別段事件も無く、やはり占いなど大したことは無いではないか、と高を括っている時分、彼はそこに佇んでいた。ゴミ置き場の前で、どうやら漁っていたのであろう、左手にはビニールに包まれたシール帳のようなものを持って空を見上げて佇んでいた。齢にして十五、六か。ホームレスにしては若過ぎるその少年。見つめてくる眼差しの先にあるのは私の眼だった。澄んだその眼の奥にある侘しさを、周囲の雨が際立たせている。ふと、そんな美術画を見ているような錯覚が起こった。

「何」

少年が、敵意露わにそう呟いた。その言葉が印象的で、今でも鮮明に覚えている。私が自然と彼を家に招き入れたのは想像に難くないだろう。あくまで、『自然とである』決して占いのことがあるからではない。無論、僅かに頭に過ったのは認めるが、あってもなくても私の行動がそれに起因している訳ではないことははっきり言っておこう。

まあそういう訳で、彼は今私の部屋のベッドでスヤスヤと寝ている訳だ。私は隣の床に布団を敷いて寝た。家主のはずの私が。

改めて断っておくが、占いどうこうでは無い。まあ、親心のようなものだ。一人の大人として、かよわき少年に譲ってやったのだ。が、まあ毎日こうだと流石に困るとは思う。

ふわぁ～

そんなこんなで少年が起き出した。

「飯ない」

開口一番これである。はっきり言って、家に招いたまではいいが、少し後悔している。流石は捨てられるだけのことはあるといったものだ。

「君はまず礼儀を弁えなさい」

「勝手に連れてきといて、説教すんなし」

何度もすまないが、彼を家に招いたのは善意である。

「ところで君は、本当に家に戻る気はないのだね」

「ない」

善意で、招き入れたはいいが、元居た住まいを言わないのは勿論、名前や生年月日ですらとことん話さないから性質《たち》が悪い。折を見て警察に届けるくらいはしなければならないが、話し方を間違えば誘拐犯か何かにされかねない。つまり、今は手なずけることから始めなければならない。

「ってかおっさん。なんで俺なんかに構う訳。情けは人の為ならずって知ってる。別に嬉しくないよ」

「ぶっ、ははははっ」

つい吹き出してしまう。青年はムッとする。

「何がおかしんだよ」

「未熟者よ。君は大きな勘違いをしているぞ。情けは人の為ならずっていうのは、情けをかければ巡り巡って自分に良いことが起こるから、積極的に人を助けなさいという意味合いの言葉だ」

青年は目を見開いて顔を赤らめた。

「まあ、とりあえず今日はおじさんとボランティアに行こう」

決してうらな……、いや、いい。少年の荒んだ心を正し、かつ弱点である礼儀作法を克服するにはこういうボランティアによる社会活動は適当だと思われる。無論、直接的に更生させる手もあるが、何せこのやさぐれようである。急がば回れという素晴らしいことわざもある。これでも、色々考えた末での判断である。会社には、風邪をひいたことにした。雨の中外回りをしていただけに、とても都合の良い言い訳だ。ついでに、有休も全て使うことにしている。

「お腹空いた」

彼なりのオーケーの返事なのだろう。なんとも憎らしい返事である。昨日今日と話はしたが、ボランティアに行くこと自体には抵抗は無いらしい。一応、簡単に調べたところ、ちょうど緑を増やそうの会というボランティアが近所であるようなので、それに参加しようということにしている。

「ニュースつまんないいんだけど」

そういいながら、チャンネルをころころ変え始める。全くもっていい度胸である。

「君はまず、教養をつけなさい」

と、リモコンを奪い返し、ニュース番組に戻す。すると、容赦のないにらみを利かせてきた。

「うざぁ」

「はぁ」

色々と先が思いやられる。

五　五日目

暗い夜空の地平線から少しずつ、少しずつ明かりが漏れ始める。少しずつ、空が守りの色へと変化していく。本来の色、真っ青な色、地球が気まぐれに生物を育むためにつけた色。地球に生きとし生けるものは、あの青によって守られているのだ。

そう、私も、そしてこの青年もその例外では無い筈なのだが……。

あの占い師に会ってからというもの、ろくなことが起こらない。会社ではミスをし、水難には怯え、訳のわからない青年を保護し、はっきり言って予定外のことばかりだ。無論、人生において予定外の出来事は必ずしも悪いものではない。時にそれらは退屈になりがちな生活にスパイスとして活を入れてくれるからだ。

と、は、言え、これはあまりにもやり過ぎではなかろうか。それとも私が気にし過ぎなのだろうか。この先に大いなる幸せでも待っているのだろうか。はたして、どうなることやら……。

「ああ、あの占い師か。当たらないって有名だよ」

ホームレスの経験からか、青年はあの占い師のことを知っているようだった。どうやら、あの辺によくいる人の中では有名だそうで、正直当たったという話はあまり聞かないそうだ。

「ただ、当たらないって言っても、それは当たったかどうかわからないだけだって言う人もいてね、なんか都市伝説みたいになっている人だよ」

「ん、どういうことだ」

「えーとね、あの人は死の占い師なんだって。貴方死にますよってことばかり占う人なんだって。で、当たったってことはその人は死んじゃったってことでしょ。だから、わからないいんだって」

ははは、全く笑えない話だ。当たる占い師だと聞こえてくる。もう当たらない占い師で良いではないか。何が都市伝説だ、死の占い師だ。つまりこうだ、占われた人はいるが、当たったよって報告しに来るやつは一人もいない。だがそれは死を占っているからで、死んだら報告できないからだってことだ。まあ仮にそうでなくても、わざわざ報告しに行く人は少ないだろうが。

「でも、あの人ほんとにおっかないよ。子どもにまで死にますよって言うんだから。結局、気味悪がって誰も近づきゃしないいんだよ」

つまりあれだ、結局当たるんじゃないか、それ。当たらなかったら近寄っても無害だろうに。当たらない占い師ということを吹聴することで人を遠ざけているだけな気がするのだが……。

「その話はもういい」

「そっちが聞いてきたんだろ」

「で、ボランティアはどうだった」

寒気がしたので、話題を変えることにした。かなり反発的な印象の強い青年だが、きちんとボランティアには付いてきていた。

「見返りがない」

ぷいと顔を横に向けながら、不満そうに青年は言う。

「屋根の下で寝れて、三食飯付きじゃないか。風呂にだって入れる」

反応が面白くて、少しほくそ笑んでしまう。

「それはボランティアとは関係ないだろ」

さらに不機嫌になった少年が、顔を戻して睨みつけながら返してくる。

「直接的にはな。だが、間接的には関係する。働かざる者食うべからず。ボランティアに行かないなんて言い出したら飯抜きだからな」

昨日の様子を見る限りでは、そこそこやりがいを見つけて取り組んでいるようだったし、行きたくないと言い出すとは思っていないが、面白半分に釘を刺してみる。

「はあ、うざぁ、なにそれ。行かないなんて言ってねぇし」

思った通りの反応で笑える。昨日の反応を見て思ったのは、上手くコミュニケーションを取れていなさそうだったこと。私に対してはどうにもやさぐれた態度ばかり取っているが、ひとたび外へ出るとだんまりと人見知りになる。まあ、あれだけ知らない人だらけなら、誰しもが多少そうなるだろうが、青年に関しては顕著だった。なんだったら少し怯えているようにも見えるほどだった。

それでも、さすがはボランティアに来る人々、柔和で優しく話されるうちに、少しずつ怯えのようなものは無くなっていったように見えた。まあ、陽気に話すほどにはなっていなかったが、簡単な返事くらいはしていた。おそらく今日の彼の目標は、もっと話すことであろう。

「そんなこと言うんだったらお前、行ったら美味いもん食わせろよ」

余裕ぶった私の態度に持ち前の負けん気の強さをぶつけてきた。私は面白いとばかりに応える。

「ほう、まあいいだろう。何が食べたいんだ」

すると青年は意外だったのか少しうろたえて、それでも、真剣に考える。ハンバーグか、オムライスか、まさかハンバーガーってことは無いだろう。

「フォアグラ」

と、青年は不敵な笑みを浮かべて言った。

「フォ、フォアグラ」

藪を突いたら蛇が出てきた。動揺を隠せずに反応する。

「フォアグラ」

青年はもう一度自信たっぷりに言い放った。

「ま、まあ、いいだろう」

未だに動揺を隠せないままに、受けて応える。高い買い物になりそうだ。だが、まあ青年のことを思うと、それくらいのことはしてもいいかもしれないとも思う。だいぶ意外ではあったが、金はまああるわけだし問題は無かろう。

「フォアグラな。絶対だぞ」

そう言いながら嬉しそうに青年は出かける支度を始めた。私はというと、どこのレストランが彼を連れていくにはいいかと考え始める。どうせ食わせるなら、しっかりしたところで食わせてやりたい。だが、まあ何分あの身形《みなり》である。

「まずは服装からか」

ぽつりとそんなことを呟きながら、今日一日の予定を頭の中で組み立てていくのであった。

六　六日目

夜は暗い、どこまでも暗い。輝く星々も、照らす月も、その暗さの中では淡くきらめく蜃気楼のようなものだ。

闇。

明るさを無くした世界はその言葉で示すのが最も効果的なのだろう。それでも夜には蜃気楼がある。隔絶された世界ではなく、そこには外へ続くであろう蜃気楼の道しるべが。闇を彷徨う身体は、自然と外へと足を向けるのだ。ゆらゆらとゆらゆらと。それが本当に続くものなのか、果たしてただの蜃気楼か。歩く意味も定まらぬまま、ゆらゆらとゆらゆらと。ただ、はっきりとあるのは光に照らされたい、光に守られたい、開かれた世界で背伸びしたい、たくさんのものと一緒に過ごしたい。それだけだ。

光の中にいるときには、あまりにも当たり前過ぎてそこには有難味がない。暗い中では寝て過ごせばいいだけだ。眠っていれば暖かいものだけに包まれていられる。そんな風に過ごしている。それでも眠れない夜が来ると、そんな生活を後悔し、やり直したいと思うのだ。もう一度光の中で生きることで。

これほどに朝日を待ち望んだ日はいつ振りだろうか。一発逆転、起死回生、待てば海路の日和あり。そんな言葉がふさわしい昨日の興奮が、覚めやらぬ脳を叩き起こした。結果、いつもよりも早くに目が覚める。まあ、落ち着いて整理しようじゃないか。

言うまでも無く、昨日は青年と共にボランティアに向かった。特に変わりも無く一昨日と同じように作業をしていた。青年も一昨日よりはしゃべる意思を示しており、保護者としては微笑ましい限りだった。

さて、実は一昨日私自身も話すような人がおらず、困っているときに話しかけてきた女性がいた。ここ二日でだいぶ仲良くなり、身の上話をそれとなくしていた。と言っても、一昨日はこちらの身の上を話すばかりで、女性のことはあまり聞けなかった。そういうのもあって、昨日は気になっていた女性の身の上について聞いてみた。と、まあこれによって歯車が動き出した。

女性は先日プロジェクトを持ちかけた会社の社長令嬢だったのだ。というか、あまりそこまで気にかけていなかったのだが、そもそもこのボランティアそのものがその会社の運営によるものらしい。発案は女性のものだそうだ。

「どうしたんですか。ふふふっ。変な顔」

「本当なんですか」

「えっ、本当ですけど」

「いえ、実は昨日お話ししたプロジェクトは、お宅の会社と共同で進めようとしていたもので……」

「えっ……、なるほど。そうだったんですか。うちの父は礼節とかには厳しいですからね」

「その節は申し訳ありません」

「いえいえ、父の方こそ厳しく言ってすみません。もしよかったら、私の方で父の方に言っておきましょうか」

「えっ、いや、そんな……。でも、頼めるなら」

「わかりました。ちょっと待って下さい」

「えっ、今――」

「今日の夜、一緒にお食事する席を用意しました」

「あっ、はい。ありがとうございます」

「大丈夫ですよ。フォアグラ食べに行くんでしたよね。おいしい店予約したので」

「えっ、あいつも連れて行くんですか」

「ええ、フォアグラ食べに行くんですよね」

「いや、そうなんですが、仕事の話ですし」

「大丈夫ですよ。今日は『お休み』なんですよね」

「ええ、まあ……。えっ」

「私がいるので大丈夫です」

「はあ」

「まあ、普通にお食事するだけですよ」

「はい」


「どういうつもりだね」

「はい、と言いますと」

「うちの娘を誑かしたら、私が許すとでも」

「あっ、いえ。すみません」

「お父さん」

「娘とはどういう関係なんだ」

「お父さん」

「いえ、何も」

「なんで怒ってんのこの人」

「しっ」

「たまたまボランティアで出会っただけって言ったでしょ」

「ふん、どうだか。さしずめ、うちの企画するボランティアに参加すれば許してもらえるとでも思ったのだろう」

「ん、ああそういうことか。一人じゃ怪しまれるから、俺を捕まえて連れ回したんだ」

「違うよ、馬鹿。お前は黙ってろ」

「お父さん」

「別にいいじゃんしゃべったって」

「家を無くしたこの子のことが気になって、家に置いてるんだって」

「家を無くした」

「ええ、雨の日にゴミを漁っていたので見兼ねて」

「違うよ」

「何が違うんだ」

「家を無くしたわけじゃない。嫌になったから出てっただけ」

「家出か」

「そう、家出」

「でも、住む場所は無かったんでしょ」

「住む場所なんてどこにだってあるよ。このおっさんに会うまでは公園にいるおっさんに世話になってた」

「家のことは話したがらないので、あまり聞いてませんが、落ち着いたら聞こうと思ってます」

「知らないよ」

「まあ、それは信じてやろう」

「お父さん」

「それで、まあ、会社でのミスもあり、この子のこともあり、しばらくは有休取ってこの子の世話をしようと」

「ふんっ、見切り発車だな」

「えっ」

「有休如きではそう長くは休めないだろう。その間に何ができる。無責任な情愛だ」

「ほんと、軽率だよね。助かってるけど。あっ、フォアグラ来た」

「お前が言うな」

「お父さん。さっきから何その態度。大人気ない。無責任な情愛だろうがなんだろうが、この人の方が一社会人として立派なことしてると思うけど」

「んっ」

「いえ、図星ですよ。確かに何ができるんでしょうね。本当に」

「なんだよ。助かってるってば、フォアグラ食べれるし」

「凄いと思うけどな。私もボランティアやってるけど、困っている見知らぬ人を衝動的にでも助けようと思って行動できるかなって。まして、家に泊めてあげるなんて。ほら、ボランティアって言っても、やることは決められてるし、やる日も決められてる。勿論、団体なのだからそうしなくはだめだってところもあるとは思うけど、ボランティアの精神って何かに縛られてるものじゃないと思うの。衝動的であれ、無償の愛を注いでる、しなくてはいけないからするっていう訳じゃない、なんか凄いなって話聞いて思っちゃった」

「うまっ」

「だが、一方でボランティアをさせることをしなければ、そもそも自己中心的な一般の人々は、ボランティアをしないだろう。んっ、ま、というより、集まってこそやっと勇気を出してボランティアできる人達はいる。必ずしも、団体であることにその精神が無いとは思えないが」

「うん、勿論ボランティアが団体ではいけないとは思わないよ。私だってやってるわけだし。でも、自分だったら出来るかなって思うじゃない」

「そんな高尚なものでは無いですよ」

「皆食べないの、上手いよこれ」

「たまたまです。本当にたまたまなんですよ。別の機会の別の時期なら私もこんなことしなかったでしょう。もしかしたらあの占いが」

「『占い』」

「あっ、いえ」

「これ、食べて良い」

「いや、その～」

「ありがとう」

「初耳。何の占い」

「君はそんなことをするのか」

「あっ、いえ。たまたま転んでるのを起こすのを手伝った人が占い師で、成り行きで占ってもらってもうすぐ死ぬだの何だのって。私は占いなんて信じないですよ」

「あら、占い。私は好きだけど」

「そんな変なものに引っかかるのか、君は」

「いや、その、事の成り行きで」

「お父さん。死ぬって言われたら気にしちゃうよ、普通。で、何て言われたの」

「七日以内に死ぬんだって。あと二日だっけ」

「えっ、あと二日」

「いや、え、まあ、ええ」

「早起きをすること、水に気をつけろ、人に奉仕しろだっけ。死なない条件」

「うん、まあ、そうだが。断っておきますが、私は占いなど信じていませんよ」

「うん、わかる。信じてなくても、いざそう言われると守っちゃうよね」

「で、この子を助けたと」

「いえ、それは違います。信じてはいないので。勿論関係ないとは言い切れないですが。その、後押しくらいはしてくれたと思いますが、彼を保護したのは、保護したのは……」

「自分の意志です」

「ふん」

「ごちそうさま」

「ね、お父さん」

「なんだ。プロジェクトの件なら通してもいいぞ」

「本当ですか」

「まあ、君の赤裸々な趣味の話に免じてな」

「いえ、その……、ありがとうございます」

「よかったね」

「ね、デザートっていつ出るの」

「たのもっか」

「あっ、すみません。デザートを頼みます」

「ね、お父さん」

「なんだ」

「そういえば、お見合いの相手がどうとか言ってたよね」

「なんだ。会う気になったのか」

「ううん。お父さんが言ってた人じゃなくて」

「この、フィナンシェとミニクロカンによるパレードってやつちょーだい」

「まさか」

「うん、そう」

「許さんぞ。それはだめだ」

「お見合いにこだわらなくていいって言ったのはお父さんじゃない」

「それとこれとは話が違う」

「もう決めたもん」

「あの、話が見えないんですが」

「私と付き合って下さい」

「受けてもならん。断ってもならん」

「えっ」

「おっ、面白そうになってきた」

「だめですか」

「いえ、そんなことは無いですけど」

「受けたら、さっきの話は無かったことにする。もちろん断ってもだ」

「えっ」

「おっさん、大人気ないぞ」

「お父さん、私情を仕事に持ち込むのはやめて。お母さんに言いつけるよ」

「あの、私は」

「返事は明日で大丈夫ですので。お母さんにも紹介したいし」

「あっ、はい」

「ねえ、何かフォアグラ以外で食べてみたいものある」

「えっ、明日も旨いもん食えるの。じゃあ、今度キャビア」

「わかった。また明日詳細を知らせるので。連絡先はこれに書いてありますから」

「ありがとう、ございます」

「私は二度同じ間違いをする者には容赦ないからな。よく覚えておけ」

「それ以上言うと、お母さんに言うから」

「んっ」

と、まあこんな感じでとんとん拍子に仕事での再起、挽回と婚約が同時に決まったのである。婚約に関しては今日改めて決まるわけだが、とにもかくにも疾風怒濤であった。ピンチとは最大のチャンスであると誰かが言っていたか。何かとてつもなく偉大な力を感じざるを得ない。人生とはまさに奇想天外である。

「おはよう。いつもながら早いね。年柄もなく嬉しいんだ」

「うるさい」

「今日はボランティア行かないんだっけ」

昨日、唐突にプロジェクトの再開が決まったので、有休を破棄して出勤することになったのだ。

「お前一人で行ってもいいぞ」

二度ほど同伴したので、もう大丈夫だろう。女性にもそうなる旨を伝えている。代わりに面倒を見てくれるはずだ。今日は昼過ぎまで雪が降るらしいので、おそらく午後は雪かきになるのだろう。午前はきっと、室内での作業だ。

「ふーん。わかった。夜は姉ちゃんと行けばいいの」

青年も状況を理解しているのか、すんなりと話を進める。ボランティアを始めてからだいぶ丸くなったように思える。連れていって正解だった。色々な意味で。

「そうだ。あまり迷惑かけるなよ」

「わかってるよ」

それでも、まだまだ荒々しい部分もある。だがまだ二日だ。成長を見守っているようで、不思議な気持ちになる。このまま養子にしてしまってもいいかもしれない。そんな気持ちにすらなる。少しだが。身の上が忙しくなってきて、青年をどうしてあげるのが良いか。しっかりと時間をかけて対処するのは難しくなるかもしれない。しかしそんな中で、彼女とならと上手くやっていけそうだとも思える。というか、思っている。不思議なものだ。ここ二日の仲。ましてや喧嘩したばっかの会社の社長令嬢。それでも不思議と話は弾んで、強引に進められたお付き合いのお話も、躍るような心持ちで聞いていた。

(運命か)

占いの類は信じないのだが、認めざるを得ない状況というものはあるものだ。

(私も丸くなったものだ)

あの予告から何かが変わった。いや、全てが変わった。それは認めなければなるまい。

七　七日目

全ては幻想か、現実か。

雪。それは白いもの。それは水滴が冷えて固まったもの。それは闇とは真逆の色を保ちながらも、闇のそれと同じくらいに冷たいもの。闇の中に雪があったなら、こんなに危ないものは無い。間違いなく滑ってしまう。たとえ慎重に歩いていたとしても、絶対に。

光が見えた。輝かしい光だ。雪に反射して真っ白かった。まだ闇の中のはずなのに、そんな光に照らされてあたかも光の中にいるように感じていた。雪も怖くは無くなっていた。でもそれはただの蜃気楼。幻でしかなかった。蜃気楼が消えた時、一瞬にして闇が広がった。そして、思い出させられるのだ。ああ、そうだ、まだ闇の中なのだと。

『人に奉仕しろだっけ』

『で、この子を助けたと』

『自分の意志です』

私が彼を拾った理由。それは非常に簡単な理由だ。

『自分に似ていたから』

『自分を救いたかったから』

『独りでは、抜け出せないから』

虚ろな青年の目を見て、私は居ても立っても居られなかった。ここで彼を救わなければ、私は救われない。情けは人の為ならず、か。

『人に奉仕すること』

結局私はこれが守れなかったのかもしれない。何がボランティアなものか。結局は自分のためだ。人はそんな簡単には変われない。思い起こせば私は純粋な気持ちで誰かのためにと行動を起こしたことは無かった。自分という完璧な存在に満足し、それが周りに認められればそれでよかったのだ。彼女とは違う。嫌われるさ、きっと。罰が当たっても文句は言えない。

青年も言葉には出さないが、きっとわかっていたのだろう。私が私のために彼を連れだっているということに。憐れんでいたのは私ではなく、青年の方なのだ。青年は受け入れていた、自分の境遇を。青年の方がずっと強かったのだ。ずっと、ずっと。

私は弱いな。

昨日、私は会社に出勤し、プロジェクトの再開の旨を伝えて、早速色々整理していた。すると、いつの間にか時間が過ぎ去っていき、女性との約束の時間に遅れそうになった。

ブロンブロンブロン。

急いで同僚にバイクを借りて、レストランへと向かう。同僚のバイクは改造されているのか、エンジン音がやたらとうるさい。まあ、そんなことはどうでもいい、多少周りに迷惑だろうが、お構いなしにエンジンを吹かす。しかし、なんとも運の悪いことに昨日は雪が降っており、道路は滑りやすくなっていた。同僚の改造バイクにはチェーンが付いていなかった。きっと碌でもないこだわりだろう。さて、そうは言ってものんびりはできない。半ば渋滞気味の大通りを逸れ、小道を通ることにした。それが間違いだった。

キー。

飛ばしていると言っても、細心の注意は払っていた。少なくとも、自分からスリップするほどではなかった。が、歩行者にとっても滑りやすい地面というのは危険そのもので、滑り転んだ歩行者が急に前に飛び出してきた。

既《すんで》のところで歩行者から逸れるが、電柱にぶつかった。ぶつかる寸前に飛び退けたため、私自身は軽傷で済んだ。が、バイクの大破した破片が飛び散り、歩行者に突き刺さったのだ。

『水害に気をつけること』

全てが真っ白になった。死にはしなかったが、もう死んだも同然である。人を殺したかもしれない。仕事も白紙になるだろう。婚約もパーだ。こんなにも暗い中で、こんなにも白いことがあるものだろうか。

いつの間にか十時になっていた。

『朝早く起きること』

今日のこれは例外にはならないだろうか。正直、寝た気はしない。ずっと起きてたような気がする。それでも、確かに目を見開いて暗いようで白い天井を目にしたのは、七時だった。

「あっ、起きた」

隣には青年がいた。何か凄くぐじゅぐじゅになった顔に見えた。

「おはよう」

「おはよう」

「よかった」

青年の顔からぐじゅぐじゅがなくなり、今まで見たことのない笑顔を見た気がした。

「未熟者め。急がば回れと言うだろう」

青年が口真似をして見せる。ふっ、と笑ってしまう。

「全くだ」

見守っているはずの相手に、見守られている。なんとも滑稽な構図だ。

「おっさん」

青年が少し声を落として呼び掛けてくる。

「なんだ」

空っぽな返事をする。

「ありがとな」

そう言いながら、青年がコップに水を注ぐ。

「なんだいきなり」

私はそう言って、青年に促されるまま水を飲む。

「俺、最初はおっさんのことお人好しの偽善者だって思ってた。別に俺自身そんなに困って無かったし、勝手に変な情押しつけやがてって」

およそ、予測のついていた話だ。私が同じ立場でも、きっと同じことを思っただろう。

「でもなんか、おっさんと一緒にボランティアとかやってて、食事とか行って、なんか、温かかった。なんか、身体の中から温かくなった。ずっと寒くて冷たかったのに」

ああ、そうか。そうだ。外ばかりを見つめているから暗い中から抜け出せなかったのか。蜃気楼なんぞに惑わされるのか。ふと、そんなことを思う。

「だから、ありがとな。おっさんに会えて良かった」

青年が感じたであろう温かみが、身体の中に流れ込んできた。空っぽで冷たい空気に満ちた器にいっぱいに広がって、溢れ出てくる。冷たいものを押し出して。身体の奥から、たくさん、たくさん。

「礼を言うのは、私の方だ」

そんな言葉が溢れ出た。今までこんな風に言葉を出したことは無い。とても、気持ちの良い台詞だった。生まれ変わったような気がした。今のこのままでいたいと思った。生まれ変わろうと思った。

と、病室のドアが開く。

「あっ」

ドアを開けて声を発したのは、女性だった。

私の心臓が色々な形で早鐘を打つ。ドキッと、ドキドキッと、ドキドキドキッと。

女性の顔もまたぐじゃぐじゃだった。

「良かった」

そう言って優しい聖女の顔になる。

「昨日はごめん」

ドキッとしながらそう言った。

「いいんです、そんなの。でも本当に良かった。お父さんには私からちゃんと言っているので」

「うん」

ドキドキッとしながらそう言う。

「お返事、どころじゃないですよね」

ドキドキドキッとする。

「こんな、私でいいのかい」

本当は聞きたくない。

「そんな簡単に嫌になるようなら、初めからなんも思わないですよ」

でも、聞いてよかったと思える。

「是非、お願いします」

ああ、この光だけは蜃気楼であって欲しくない。仮に蜃気楼であったとしても、消えないでくれ。

「よろしくお願いします」

彼女はお辞儀する。

「おめでとう」

青年は祝福する。

「はい」

私は返事する。

新しい門出。生誕。今日は第二の誕生日だ。

「そういえば、私が轢いてしまった人は」

ふと、自分の過ちを確認する。

「大丈夫。激しい運動はできなくなったみたいだけど。日常生活に支障は無いって」

「そうか」

一概に安堵はできない。門出の前にやるべきことがある。

「後で、謝りに行こう」

過ちを犯した清算をしなければ次へは進めない。お互いに納得のできる謝罪をしなければならない。

私が光に照らされた代償に、闇へと堕ちただろう人がいる。あんなに暗くて寒い場所に居てはいけない。堕としてはいけない。光の住人として、闇に堕ちた人を照らしていこう。まずは最もそれをしなければいけない人から。


死に曝された。

不確かな死だった。

とても怖かった。

不安だった。

暗かった。
抜け出したかった。
でも、独りじゃ無理だった。
外を見渡しても見つからなかった。

この七日間で見つけたこと。わかったこと。それを忘れずに生きていこう。

昼　おばあちゃんとわたし

一　どうしても愛してて

愛しています
貴方を
いつまでもどこまでも
何があってもどんなときでも
どうして貴方は一人じゃないの
どうして貴方はお金持ちなの

愛されてます
私は
いつまでもどこまでも
何があってもどこまでも

どうして二人は一緒にならないの
どうして二人は一緒になれないの

私は貴方の
男らしいところが好き
優しいところが好き
心が好き
貴方が好き

駆け落ちしよう

貴方は私の
女らしいところが好き
器量が好き
心が好き

私が好き

嬉しかった

目が好き
鼻が好き
口が好き
舌が好き

でも

愛してる
愛してる
愛してる
愛してる

連れ戻された
もう離さない
もう離せない
もう話せない
もう話さない

もう
忘れないから
忘れられないから

ね

お願い

また会いたいの

愛しています
貴方達を
何があっても
何をされても

どうして貴方はわたしを叩くの
どうして貴女はわたしを叩くの

愛されてます
わたしは
何があっても
何をされても

どうしてお腹が空かないの
どうして涙が湧かないの

家族だから
掛け替えがないから
それしか知らないから
産んでくれたから

邪魔だから
お金がないから
それしか知らないから
苦しいから

あるとき手紙が置いてあったの

すまない

すまない
すまない

ごめんね
ごめんね
ごめんね

掛け替えのない人がいなくなっちゃった

どうして涙が湧かないの
どうしてわたしは笑ってるの

新しいお父さんとお母さんが来た

どうして嫌そうな顔するの
どうして二人が親になったの

家族だよ
嘘だ
お父さんだよ
嘘だ
お母さんだよ
嘘だ
ここが家だよ
嘘だ

嘘だ
嘘だ
嘘だ

わからない
なんにもわからない

もう話さない
もう話せない
もう離せない
もう離さない

だから

ね

教えてよ

わたしは誰なの

また会いたいの

二　魔女

ああ
いつからでしょう私が魔女と呼ばれたのは
いつからでしょう私が独りになったのは
いつからでしょう一日が長くなったのは
いつからでしょう私が貴方を想うのは
いつからでしょう暖炉の火を眺めているのは
いつからでしょう火が燃えているのは
いつからでしょう夢を抱くようになったのは
いつからでしょう空を見なくなったのは
いつからでしょう広い世界に憧れるのは
いつからでしょう狭い世界に閉じこもるのは

いつからでしょう鳥が空に舞っているのは
いつからでしょう空が暗くなったのは
いつからでしょう大きなものに憧れるのは
いつからでしょうつよいものに憧れるのは

ああ

貴方がいなくなって
かなしい
私は独りで
かなしい
私はここにいて
かなしい
私は何も出来なくて
かなしい
私はわからなくて

かなしい
私は
かなしい

ああ

強く強くおもった
鳥になりたいと
強く強くおもった
空を飛びたいと
強く強くおもった
大きくなりたいと
強く強くおもった
つよくなりたいと

ああ

そして私は魔女になった
そして私は貴女を見つけた

ああ

いつからだっけわたしが名前を呼ばれるようになったのは
いつからだっけわたしが独りになったのは
いつからだっけ日付がわからなくなったのは
いつからだっけ親を大好きになったのは
いつからだっけ人がやさしい顔しているのは
いつからだっけ人の顔が同じに見えるようになったのは
いつからだっけ夢を持ったのは
いつからだっけ空を遠くに感じるようになったのは
いつからだっけ広い心を持つようになったのは

いつからだっけ狭い心を持つようになったのは
いつからだっけ鳥が空を飛んでいるのは
いつからだっけ夜の空なのは
いつからだっけ笑っているのは
いつからだっけ人を欲しいとおもったのは

ああ

おばあちゃんに出会って
嬉しい
おばあちゃんが一緒にいて
嬉しい
独りじゃなくて
嬉しい
家があって
嬉しい

わたしはわたしで
嬉しい
わたしは
嬉しい

ああ

強く強くおもった
わたしは独りじゃないって
強く強くおもった
わたしはわたしだって
強く強くおもった
わたしは幸せだって
強く強くおもった
家があるって

ああ

ああ

うん

でも

やっぱり

わたしは不幸

そしてわたしは魔女になった
そしてわたしは貴方を見つけた

夕　好きです！

一　青色

しゃーぼんだ〜まがふ〜わふわ

シャボン玉がきらきらとふわふわと空へと上がっていく。表面に張りつめた膜は出来損ないの鏡のように色々な人の姿を映し出す。ギターを弾く人、ウィンドウショッピングを楽しむ人、世間話をする人、せかせかと歩いていく人、のんびりと歩いて行く人。太陽の光がシャボンに当たって、ぐにゃぐにゃになった人を虹色に彩っている。シャボン玉が高く高く昇っていくと、膜は引っ張られて段々と薄くなる。中に詰まった想いが膨れ上がって、外にある広い世界に行きたいといって、破裂する。

特に行くところもなく歩いてた。手に持っているシャボン玉のセットは、この大通りの入り口付近にあった雑貨屋で買った。なんかそんな気分だった。シャボンを吹いて、この通りを歩いてみたい。そんな気分だった。通りの中腹辺りまで歩いてくると、そこは少し開けた場所で、円状になっている広場の中央には噴水が空にめがけて水を噴出している。その噴水が見えた瞬間ドクンと心臓がとび跳ねた。ほんの一瞬息が苦しくなる。私はシャボンの枠を口元に運び、ふーっと息を吐いた。噴水なんかが噴き出す水より、シャボンの方がずっときれいで、高く高く空にいく。あのシャボンに包まれたい。そんな気分になった。

「好きです！」

唐突に後ろから声が聞こえた。ドクンドクンドクンと、心臓は忙しなくとび跳ね続ける。反射的に振り返ると、そこには青年がいた。

真摯な眼をしてこちらを見つめている。

私の目をしっかり見ている。

大きな声が木霊している。

好きです！　好きです。好きです

木霊は重ねるごとに小さくなり、しまいには私の中でばかり木霊する。

時間が止まった。

止まってた。私は青年の目を見返しながら、きょとんと見返しながら、その木霊が小さくなるのを、聞こえなくなるのを待っていた。

「貴女のことが好きです。付き合って下さい」

木霊が聞こえなくなることは無かった。むしろ大きくなった。色んな飾りをつけて大きくなった。すごくすごく大きく聞こえて、それが私に向けられた言葉だと、想いだと理解する。

少しうろたえた。

「えっ……、あの……、何ですか」

「あっ、すみません急に」

急に聞こえてくる声が小さくなった。小さくなると、声の主がわかった。目の前の青年だ。

……あたりまえか。

「でも、このままにはしたくなくって」

目の前の青年が照れたようにそう言った。その姿を見ると、やっぱりさっきの声とは別人なようにも思えてくる。

でも、彼なんだよね。彼なんだ。

「あの、私には何のことだか」

会ったことのない人。見たところ大学生くらいの年齢で、最初は伏せがちだった目が今は大きく開かれている。まん丸とした瞳でこちらを見つめてる。背はヒールを履いた女性よりは高い。一七五を超えるくらいはありそうだ。肉付きは良く、締まっているため「いい男」を感じる。服装は遊んでいる大学生、という感じはしない。流行しているような服だが落ち着いている。

好かれる理由がわからなかった。私はただシャボンを持って歩いていただけ、ひとりでシャボンを吹いていただけ、ひとりで歩いていただけ。

ひとりでいたいのに。

「一目で好きになりました。今を逃したらもう会えないんです、僕と貴女は。きっと。だから……」

何かの罰ゲームだろうか。そんな突拍子もない青年の言いそうな言い訳が思いつく。でも、その眼に宿るものや気迫のこもった言葉たちが、そんな思いつきを吹き飛ばす。

ふと、周りを、視線を、たくさんの視線を感じた。いつの間にか周りの注目を集めていたようだ。じーっと見つめられている。じーっと。じーっと。

迷惑だ。

「すみません。遊びに付き合うつもりは無いので」

早く離れたかった。早く。ひとりに。

すごい勢いで言って、すごい勢いで後ろを向く。青年に負けてはだめだ。

「待って下さい。僕は真剣です」

背中を射抜かれるようなまっすぐな言葉が飛んできた。言葉は私を貫いて、見えないドーム状の壁を作り出す。私はその外には出られなかった。

壁の向こうで、たくさんの人が私を見ているのが目に入ってくる。

凄く、迷惑だ。

「真剣。よくもそんなこと言えるね。私は貴方のこと知らないし、貴方も私のこと知らない」

青年を睨めつける。

「それはこれからお互いに知ればいいじゃないですか。付き合ってからでも遅くないです」

青年は怯むこともなく、平然とそう言いのける。

「知り合ってない人と付き合う趣味は無いの」

これでもかと冷たく言い放つ。もう嫌、見たくもない。しゃべりたくもない。早く消えて。

「僕は、大学で哲学を専攻しています。趣味はダンスで、サークルではダンスサークルに入ってます。昔からダンスは続けていたんですけど——」

「何。急に」

唐突な自己紹介に、つい疑問が口をついて出てきてしまう。

「自己紹介です。貴女が望むのであれば、僕は僕のことを話します」

少し毒気を抜かれてしまった。自然と見留め直してしまう。青年は笑っている。こんな人だっただろうか。

「別に望んでいるわけじゃない。なんだったら、もういなくなって欲しいんだけど」

もう一度丁寧に「お断り」をする。心が震え始めていた。怒っているとか、不快だからとかではない。

(怖い)

その感情が心に拡がっていく。なにか似ている。なんとなくだけど似ている。あのときに。あの時の私に、彼に、青年は似ている。なんでだろう。そんな疑問が私の中に起きたとき、私の頭は答えを探すために記憶の中を彷徨い始める。すると、怖い、嫌だ、恐ろしい。そんな感情が一緒に溢れてきた。少しずつ、はっきりと、明瞭に。

二　桃色

私には前に彼氏がいた。当時大学一年生。初めての期末試験を終えた私は、気晴らしに街中を一人で歩いてみようと思った。一人でウィンドウショッピングし、一人で好きなものを食事する。誰かとしたことはあったけど、一人でしたことがなかったこと。そんな初めての体験をしてみたくて、街中を歩き回った。全ての体験は新鮮で、心が弾んだ。あっちに行って、こっちに行って。いつの間にか空は夕日に染められていた。私は赤く染まる街並みを見回しながら、足を弾ませて歩いてた。

するすると陽気な音楽が聞こえてくる。噴水の近くの開けた場所。そこに一つの人の塊があった。私の心は例になくときめいた。あの中心に何があるのだろう。どんな新しいことが待っているのだろう。気になった私は音楽に合わせる様に足を弾ませ、群衆に交じった。誰かが踊ってる。ここからじゃよく見えない。群衆を掻き分け、一番前に割って入った。そこにいたのが彼だった。彼は引き締まった身体をリズミカルに、軽やかに動かし、滑らかにキビキビと音楽にノって踊っている。

『カッコいい』

そんな言葉が口から溢れ出る。右に、左に、前に、後ろに。ジャンプして、ステップして、回って、ポーズを決めて。音楽が佳境を迎えると、彼はきらきらとした表情を空に向けた。汗が数滴、噴水と一緒に噴き出した。群衆から拍手が起こる。小銭がチリンチリンと響き渡った。しかし私はその間、拍手も小銭を出す動作もすることをしなかった。ただ一点、彼を見つめて、ぽーっとしていた。

人が一人、また一人と去っていき、彼も支度を調えてその場を去ろうとする。

「あの」

自分でも気付かないうちに私は近寄っていた。彼とはもう一、二歩の距離にいた。その距離で、行ってしまいそうになる彼に、思わず言葉が出てしまう。顔が赤くなり、相手の顔を上手く見ることができなかった。

「あの、よかったです」

何を言おうとしたか半分忘れかけていた。いや、そもそも言いたいことなんてなかったかもしれないけど、そんな自分を隠したくて、なんとか言葉を繋いでみる。

「あ、ありがとう」

彼は少しびっくりしてそう言った。男らしい低めの声だった。嬉しさ半分、恥ずかしさ半分の反応。どこか落ち着きがあり、クールな印象がある。

「いつも、やっているんですか」

もっと一緒にいたいと思って、次の言葉を紡ぎだす。もっとしっかり彼を見たいと思って、顔を上げようとする。しかし、暗い震えが体の中をビリビリッと駆け巡ってきて、なかなか言うことを聞かない。それでも、彼に対する明るい脈動をぐーんと身体に送っていき、暗い震えを吹き飛ばす。ゆっくり、ゆっくりと顔を上げた。

ただ見たいだけ、しっかりと。

「毎週このくらいの時間に来てるよ」

笑顔だった。

口元をくっと上げている。

鼻筋は通っていてはっきりした顔立ち。

汗がきらきらと流れているのがわかる。

目は一重で切れ長――

と、目が合う。

「また来ます」

顔が沸騰するような感覚が襲ってきて、一言言い放ってその場を逃れる。まっすぐと駅の方向へ向かって走って、駅のホームへ上がる階段を跳ぶように上がろうとする。と、階段を照らす光が蛍光灯に変わった。いつの間にか陽はすっかり沈んでいたのだ。

息を少し切らせながら、今来た道を振り返る。彼はどんな風に思っただろう。高く鳴っていた鼓動が半分さらに高鳴り、一方で半分静かになる。

ミスっちゃったかな。

（来週、また来よう）

それでも明るくそう思えたのは。今日起こった出来事への感動と、また会えるのがわかっているからなのだと思う。

空を見上げると、星々が輝き始めており、それぞれが違う輝き方をしていた。弱く光ったり、強く光ったり、赤みを帯びていたり、大きかったり、小さかったり。私は少し足取りを弾ませながら、階段を上がっていった。

三　緑色

あれからというもの、私は毎週金曜日になると必ずあの広場に出かけていた。群衆の先頭に立って、彼のダンスを見つめる。終わり際には必ず感想を言いに彼に駆け寄る。そんな日々が続いた。

「いつもありがとう」

ある日のダンスの終わり、感想を言っていつものように去ろうとした時に、彼はそう言った。いつもは感想を言うと彼の言葉を待たずに背を向け、その場を去ってしまう。感想を言うのが精一杯で頭が真っ白になってしまう。できることといったら、感想をしっかり長く言うことくらいだった。でも、この日はそれだけでは終わらなかった。

彼のしっかりと引き止めるような強い声。身体がびくっとする。心臓の音が急に大きく感じられ、すごい勢いで収縮する。身体中に熱い血が流れていくのがわかった。

「お名前、教えてくれる」

不測の出来事だった。いや、不測といってもいつかはと夢見ていた出来事。なかなか自分からは言い出せなくて、帰ったあとに後悔する。今日もそのはずだった。そうなってしまう流れだった。それでも今日は、いつしか聞いたきりになっていた彼の言葉が強く抱きとめてくれた。強ばった身体が彼の温もりに解される。そして、今まで感じたことないような感覚が流れ出す。嬉しいような、合格したような、何かを達成したような、笑ってしまいそうな、開放されるような、心から溢れ出る温かい感覚。

そんな感覚を身に感じながらゆっくり振り返る。目の前にいる彼との距離はほんの一、二歩。こんなに近くで、こんなにしっかり見たのもあの日以来だ。

自分の名前を告げる。

「君、大学生」

小さく頷く。

「俺もなんだ」

笑顔になる。

「一緒にお茶しない」

少し息を呑んで、大きく頷く。

「君のこと、色々聞かせて」

「あ、貴方のことも」

少し見つめたあと、二人でふっと笑って並んで歩く。彼は道中、ずっと自分のことを話していた。自分が何故毎週ここでダンスをしているのか、普段何をしているのか。私は隣で彼のことを見つめ、ただただ笑顔で聞いていた。空に浮かぶ夕陽は一際赤く輝いて、私達二人を赤く染め上げていく。

「好きです！」

そんな言葉がついと出た。話の途中で、彼はびっくりした。でも、びっくりしたのは、たぶんそれだけじゃない。立ち止まって、私の顔を見つめ、目を丸くしている。私はと言うと、夕陽の光を顔に浴びて、少し俯いていた。でも、後悔はしていない。ここで言わなかったら、大切なものがどっか飛んでいきそうだったから。

「俺も……そうかも。付き合わない」

少し間をおいてそう応える彼の言葉は、とても自然で。とても嬉しそうだった。

四　黄色

大学三年生の冬。就活が始まる頃。私は悩んでいた。

「ねぇ、私、どんな職業が似合うと思う」

繁華街の外れにある彼のアパート。彼の部屋は１ＤＫの六畳間。部屋の中央にはコタツがあり、そこに二人で温んでいた。彼は横になりながら音楽雑誌を読んでおり、私は彼の向かい側で座りながら、就活情報雑誌を読んでいた。

彼は私の問いには反応せずにページを進める。

「ねぇ、貴方がちゃんとしてくれれば、お嫁さんでもいいのにな」

私は自分が読んでいるものから彼に目を移し、いたずらっぽく微笑みかける。彼は雑誌を閉じ、むくっと起き上がるとひと言だけ発した。

「飯」

私は表情を戻し、すっと立ち上がる。キッチンに行くと、いつもみたいに夕食の支度を始めた。

彼はテレビを点け、机に肘を当てながら頬を手に乗せ、好きな番組を探し始めた。

「何がいい～」

キッチンからいたずらっぽい甘い声で聞いてみる。

「任せる」

彼は短くそう言いながら好きな番組を見つけたらしい、チャンネルが変わる音が無くなった。若いお姉さんとお兄さんが高い声を出している。楽しそうな子供達の声が聞こえてくる。子ども番組みたいだ。私は右手に持った包丁が少し荒々しく動く中、左手は温かく食材をしっかりと包み込むようにして押さえるようにした。途中、塩と砂糖がわからなくなったりしたが、平気な顔をして作りきった。

食卓に料理を運ぶ。

「できたよ～」

明るく、弾んだ声で私は彼に呼びかける。簡単な野菜炒めだ。おかずはそれだけで、あとはご飯があるだけ。

「ごめん、材料少なくて」

彼は箸を取らずにテレビをぼーっと見ていた。番組は終わりに近いらしく、お姉さん達が子供達と踊りながら戯れて、円を描きながら移動している。

私はニヤッと笑みを浮かべる。

「子供つくろっかぁ～」

彼はチラッと私の方を見て、すぐに食卓のご飯を見る。そのまま何も言わずに箸を取った。

「いただきます」

ぼそっとした声で彼はそう言った。私は表情を戻し、大きなため息をついた。彼はもくもくと食事を摂る。少しして、自分の荷物をまとめ始めた私は、彼にこう告げる。

「じゃ、私帰るね」

すると彼は口に運びかけていたご飯をお椀に戻し、箸を置く。そして、帰宅準備をする私とともに外に出る支度を始める。

「どこか行くの」

首を傾けながら彼に聞く。

「帰るんだろ。送るよ」

彼はさも当たり前のことのようにそう言った。

少しだけ嬉しかった。

五　赤色

空を見上げると宇宙が広がり、星が弱々しくもポツポツと光っていた。はぁと息を吐くと、白い息が一瞬空中を漂う。

「寒いね」

辺りには雪が積もっていた。昼過ぎまで降っていたものが道路脇と道端に少々残っている。そんなに広くはない、車が一台通れるくらいの道を彼と二人で歩いていく。

隣にいる彼の顔を窺ってみる。返事が来ないのは知っている。粗野なのだ、彼は。

「俺のダンス、見ててどう」

目が丸くなる。突拍子の無い話もそうだが、滅多に喋らない彼。そんな彼の口元が動いて、自分に問いをかけている。

「格好良いよ」

すぐさま笑顔になってそう答えた。お世辞ではなく本当に格好良い。毎週見ているが、全然飽きないし、毎回人が集まってくる。

「テレビ、出れるかな」

今度は目が飛び出そうになった。彼の話を注意深く集中して聞く。

「出てもおかしくないと思うよ。上手いもん」

彼がふっと振り向く。じっと目を覗き込んでくる。彼の目は大きく開かれて、少し揺れてるように感じられた。

今日は感動ばかりだ。

「この前、スカウトされたんだ」

彼は前に向き直ってそう言った。私の口はパクパクした。

「ほん、と」

ほとんど言葉になってなかったが、掠れながらも言葉を紡ぐ。

「うん」

こんなときどんなことを言えばいいのだろう。褒めるのはさっき言ったし、拍手するのはわざとらしくなってしまう気がする。胸が躍るのを感じながら、そんなことを考える。

「良かったね」

ついて出てきた言葉は月並みで、もっともっと上手い言葉がなかったかなぁと少し後悔する。それでも、言いながら向けた笑顔は自然なもので、偽りのないものである自信はあった。

「うん。この前、プロデューサーの人にどうかって」

「そうなんだ」

やっぱり上手い言葉は見つからない。代わりに大きな笑顔で言葉に飾りをつける。

その笑顔に惹きつけられたのか、彼は振り向いてにっと笑い返してくれた。

そして、唐突にそれは起こった。

ブロンブロン。

彼が笑いながら何かを言った。いつぶりかに見る彼の心からの笑顔に、言葉に、夢中だった。しかし、その言葉はバイクの大きな音でかき消される。一言か二言だったと思う。バイクの音に驚いてしまってよくわからない。というより、突然のことにびっくりし過ぎて、足元の雪に足を滑らせてしまう。運が悪く道路側に身体が傾いていく。彼は咄嗟に私の身体を支えるために、ジャンプして私の倒れる方向に回り込む。しかし、自身も雪に足を滑らせ踏ん張りがきかない。私を反対側になんとか突き飛ばし、受身を取る。しかし受身の反動で道路中央まで身体が飛び出る。突然道路中央に現れた人に先ほど大きな音を鳴らしていたバイクが近付いてきて、バランスを崩す。

キーー。

彼は腕で顔を覆う。バイクは大きくよろめき、彼の身体にぶつかる直前に右の電柱へと進路を変える。ライダーは電柱にぶつかる直前にジャンプして、道端に受身を取る。バイクが電柱にぶつかった。

ドーン。

破片が勢いよく飛び散る。私は飛んでくる破片から身を守るため顔を腕で覆った。

静寂が訪れる。

繁華街の外れの路地。星は煌めき、月と共に路地に残った雪を静かに照らす。暗い光だ。刺さるような、ヒリヒリするような、ジリジリするような、暗い光。路地脇にはヘルメットを被った人が倒れており、反対側の脇には私が倒れていた。そして、私の近くには膝立ちになっている男性が一人。

耳元に少し荒い息遣いが聞こえてくる。自身を覆っていた腕を解く。すると、彼が私を庇うようにそこにいた。

「大丈夫」

彼は、弱々しく私に問いかける。小さく頷いて、彼の顔をじっと見た。彼の顔が青いのがよくわかる。私は少しずつ彼の身体の方に目を移していく、と……。息が詰まった。自分はなんともない。けど、彼は、彼の身体は……。お腹と足から赤い塊が飛び出ている。自然と彼の状態が、息遣いが自分のもののように共鳴する。

「よかった」

それだけ言って、彼は倒れ込んだ。

六　紫色

「「別れよう」」

そう言ったのは、事故が起きてから数時間が経った頃で、私が彼に夢を諦めるしかないことを告げた数十秒後だった。彼の声は掠れていた。私は病室を飛び出し駆け足で去っていく。

自分の不注意で傷ついた彼。自分を庇って傷ついた彼。自分の不注意で夢が消えた彼。自分を庇って夢が消えた彼。

頭の中がぐるぐると回る。

好きだった。好きになった。嫌いなときもあった。たくさんあった。でもたぶんずっと好きな気がするし、でもよくわからない。ただ一つ、耐え切れない。今のこの現実は自分には重くて、重くて、切なくて、逃げ出した。でもたぶんそれが答えであり、一番であるように、正解であるように感じた。そうであると信じた。

目の前の青年は妙に似ていた。あの頃の彼に、自分に。

「そんなこと言わないでください」

青年は少し目を伏せながらはっきりとした口調でそう言う。

「これは僕の考えなんですが……」

青年は顔を上げ再び目を合わせてくる。凄く意志のこもった目だ。

「出会いって星と同じなんです。偶然に会って、偶然に一緒になる。えっと、つまり、ええっと、分子ってわかりますよね。僕、分子って星に似てると思うんです。原子の周りに他の原子が引き寄せられて分子になるでしょう。その時原子同士は惹き合うんです。出会って離れない。で、原子って丸いじゃないですか。だから星みたいだなって。例えばこの太陽圏って太陽に地球とか水星とかが惹き寄せられてるでしょう。他の星ではなく太陽に。どんなに離れそうになっても離れないで周る。で、地球って太陽に惹かれてるだけかなって思うとそうじゃなくて、月は地球に惹かれてるでしょう。地球はずっと太陽を見てるんだけど、月の情熱に押されて、結局は月との方が近くにいる。夜の光を照らしてくれるのは月。まあ、月も太陽の光を反射しているんですけど。ああ、えっと、だから、僕にはこう見えるんです。僕らの身体は一つ一つの細胞に支えられて生きている。その細胞はたくさんの分子に支えられ、分子は原子に支えられてる。地球は一個の原子で、月と合わせて分子になります。太陽まで含めると細胞になって。銀河系は指かな。僕たちの身体は宇宙なんです。たくさんの出会いがあって、僕らができているんです」

青年の急な語りに目が点になる。要点が摑めない。なんとなくわかるようで、でも、さっぱりわからない。

いつの間にか周りが気にならなくなっていた。

「好きになるって、惹き合うことなんです。最初は一方的かもしれないけど、お互いを認め合って、お互いを支えて一つの単位となるんです。そして、一番惹き合った人と一番近くにいられる。一緒に」

ますます要点が摑めなくなる。理屈はなんとなくわかった気がするけど、今の状況との整合性がわからない。

「僕は貴女に会ったとき、それを感じたんです。一つの単位となるべき人だって。結びつくべき原子だと。貴女が地球なら僕は月で、貴女が太陽なら僕は地球です。最初の出会いなんて、好きな理由なんて、星の出逢いと同じで、あって無いようなものなんです。ただそこに原子があったから、それに惹き寄せられたから、なんです」

青年は、言葉の一つ一つを丁寧に渡してくる。

（出会ったときに感じた感覚か）

目を地面に落とし、少しずつ青年の言葉を飲み込んでいく。少しの静寂。何かを見つけた気がした。水滴が光る。空中を一瞬彷徨い、手に持っていたシャボンの原液にポチャンと落ちた。

自分の中で張り巡らせていたピンと張った糸が解れていく。胸の中に仕舞い込んでいたものが、次々と溢れ出てくる。何度も何度も首を振って、頭に浮かぶものを振り払おうとする。しかし、一度解れた糸はもう疲れたと微笑み返すだけだった。桃色、緑色、黄色に赤色。心が色々な色に変化し、色々な色が混じって明るい虹色に輝いた。

七　橙色

彼の話は長くて、一方的でとても聞きづらくて、わかりにくかったけど、何故かとても共感できた。私は知っていた。その言葉を、感覚を、身をもって。好きだった。惹かれた。離れたいと思ったこともある。これでいいのかと、このままでいいのかと思ったことがある。でも安定してた。幸せだったと思う。

そして、彼の言葉に感化されたのか、変な考えが脳裏をよぎる。

（原子は不安定で一つではいられない。分子となってようやく安定する。結びつく相手の原子は同じ種類とは限らないのかな）

「宇宙か」

小さく呟く。誰にも聞こえないくらい小さい声で。静かに、涙を流しながら。

「あっ、えっと、すみません」

彼が慌てて謝る。

「そんなつもりじゃなかったんです」

伏せていた目を彼に向ける。すると、彼はさらに動揺する。先ほどまでの堂々とした態度とはまるで違う。年齢相応の可愛らしさがある。

「俺、男失格ですね。好きな人泣かせちゃった。ダメだ」

彼はやたらと自分を責める。でもそれは愛ゆえのことだとなんとなくわかる。

「どうして」

ふと、そんな疑問が口をついて出た。

「それは……、直感です。貴女が俺の最愛とすべき人だと思ったからです」

目を落として、ふっと笑う。やっぱりどこか自分に似ている。不器用で、合理的なようでそうでなくて、口下手で。立ち去れなかったのは、自分もそれを感じられたからかもしれない。何か自分の中で縛り付けられたものを解いてくれそうな人。自分にとっての特別な人。

「でも、だめですね。その相手を泣かしてしまった」

彼は目を落とし、声も落とす。そして、少しだけ感情的な、非難めいた言葉が紡がれる。

「っていうか、わかりませんよね。俺の言っていること。きっとわかってくれると思ったんですが」

急に彼が遠くなった気がした。何が青年を不機嫌にさせたかわからなく、少し慌てる。

「それに、泣かしてしまうし……。もしかしたら……」

不機嫌な理由を探し終えるよりも前に青年は次々と言葉を繋いでしまう。

「すみません。やっぱり違うのかもしれません。傷つけるなんて、理解してもらえないなんて」

最後の一言はほとんど独り言だった。何か言わなければ。と、青年をまっすぐ見つめて声をかける。

「そんなこと――」

「わかってます」

青年は言葉を遮る。

「当たり前ですよね。いきなり出会って、話もしないで、何も知らないでそんなことはわからない。勘違い……。失礼しました」

青年は頭を深々と下げる。そして頭を上げ、そのまま踵を返す。目は合わなかった。スタスタと歩いて去って行く。少し肩は落としているようにも見えたが、足取りはしっかりしていた。

（違う。違う、違う、違う）

頭の中は混乱していた。何が青年を失望させたか未だに把握できていない。諦めるタイミングはたくさんあったはずだし、もう少し話をしてみたいと思い始めていたのに。

もしかしたら彼もそうだったのだろうか。もうひと押しが欲しくて、もう少し話し合いたくて……。なんとなく、彼の気持ちが今ならわかる。

「待って。

待って。

私は何も言ってない。

勝手に決めないで。

好きだから。

私も好きだから。

好きです！」

もう影ほども見えない青年の後ろ姿に大声を張り上げる。自分でも何故叫んでいるのかわからない。何を叫んでいるかわからない。ただ叫びたかった。頭に思いつくままの言葉を、全身で。

「好きです。貴方が」

最後は呟くように言う。空を見上げ、雲を見ながら。雲は夕色に染められており、ゆっくり流れる雲は何か自分の知っているもの、自分の求めていたものに見える。

「また、会えるかな」

もう一度、青年の去った方を見る。今までにないくらい優しい眼差しで、光が溢れた愛差《まな》しで。

「そっか……。ありがとう」

夕陽は沈み、人は再び歩き出した。一人の女性がシャボンを吹き出し、シャボン玉が空を漂う。高く昇ればまだ夕陽に照らされるかもしれない。ぐんぐん、ぐんぐん高く昇って、昇った先で少しだけ光を浴びた。シャボン玉が色を帯びる。青色、紫色、橙色。一瞬だけ輝いて弾けて消えた。夜空が辺りを支配していき、色々な星が輝き出す。太陽はお休み。月が輝く時間だ。太陽の光を受けて輝く月。その月の光に照らされた街並みは、どこか静かで心地よい。

宇宙は広がっている。

夜　うるわしの少女

一　潤わしの少女

魔女。

とても神秘的な響きだ。その言葉から一体何が想像できるだろう。例えば、何もない空間に炎を点らせ解き放つ様か。森の中でクックッと怪しげな大鍋を煮込む様か。フードを被った老婆か美女か。男を誘淫する女か。国教にそぐわず焼き殺された女たちか。はたまた精神障害者か。魔女。魔を使う女。魔とは何か。

日本語というのは便利である。こういうときはその漢字を見ていくことで、元来の姿が見えてくるからだ。まずは偏旁冠脚に分けてみよう。

魔
げんぶ、通称まだれと言われる部位に、林があり、鬼がいる。このまだれは家屋の様なものを示す。林はそのまま林。では鬼とは何か。霊的存在による人型のことを指すのだそうだ。その字形は頭の大きい人であったり、霊に取り憑かれた人であったり、奇形な霊そのものを表しているのだそうだ。特に日本では牛の角を持ち虎の牙を持つ異形のことを指すのだが、これは鬼門が丑寅の方角にあることから起因するらしい。さてこのことから、林の様な木のうっそうとした場所に住む頭のでっかい幽霊ということだろう。

だが、実は先の解字は不適当である。厳密には麻と鬼に分けるらしい。麻とは昔から人に身近なものであり、衣料品は勿論薬用にも使われるものである。薬用にも使われると言うが、その実は大変癖のあるしろものであり、用法を間違えればたちまち麻薬となる。その性質は痺れをもたらすものが多い。つまり魔とは、痺れる劇薬を扱う幽霊である。

魔という漢字そのものは、愛欲の神カーラ・マーラ、通称マーラの当て字魔羅が隠語として存在するらしい。このマーラというのは煩悩の神であり。釈迦の悟りを邪魔したという話である――

と、色々と私なりに調べてみたのだが、その存在に確かな答えは得られなかった。会えるものなら会ってみたい。現代にいるという魔女の話を映画で見たことがあるが、教典に背くレズビアンを迫害している話であった。私が会いたいのはそういう魔女では無い。かといって、非科学的な魔法を扱う存在を期待している訳でもない。無論、そういう非科学的な魔女がいたらいたで会ってみたいが、所謂マジックの様なものを見せられても納得できない。私が会いたいのはもっとこう、イメージ的であり現実的な彼女なのだ。あまり、理解はしてもらえないだろうが。

そんな思いを馳せながら私はこの村に、森にやってきた。魔女がいると言われる森に。

人口三千人ほどの村。周りは山に囲まれている。四方にある山を越えると町や都市がある。北に大都市、東に中規模の町、西に港町、南に市がある。よって、村といってもさほど廃れてはいない。交通の拠点になっているからだ。この村が大きく発展しない理由はその面積による問題である。大勢が住むには狭すぎる。いや、厳密には住める場所が少なすぎる。そうかといって開墾するのも手が掛かる。ちょうど四つ山の谷間であるため、斜面が急な箇所が多く、人が住めるくらいに平面化するのは難しい。これは、工場や大型建築においても同様で、基本的にはそういう所に建物は存在しない。したがって、この村は良くも悪くも自然が溢れており、かつ発展しており、舗装されている美しい村、である。自然好きの人にとってはたまらない場所だろう。

そんな村に、魔女がいるというのだ。

実は私はしがない小説家で、かねてより魔女についての小説を書いてみたいと思っていたのである。小説家と言っても、大した実績はない。一応、大賞を一度取ってデビューはしたが、大賞を取った割には話題を呼ばなかった。受賞作は正直、私にとっての最高の作品ではない。よって、話題にされなかったことについては、どこか納得している部分もある。普通、初めてコンテストに投稿する際は、自身の思いの丈の詰まった最高傑作を書いて投稿するのだろう。だが、私はこの魔女の話を小説にするのがどうにも煮えきらない間に、並行して書いていた小説が先に完成したため、そちらを投稿することになったのだ。で、たまたま大賞を取ってしまったと。

正直複雑な気分だった。取るのであればやはり自身の最高傑作で取りたいし、それを評価されたい。まさか大賞を取ってしまうなどとは思わなかった。無論、親心というか、それなりの自信はあって出してはいたし、評価されて嬉しくないわけではない。が、やはり私はこの魔女の話を書きたいのである。

何故、魔女なのか。そうだな、やはりそれが神秘的な存在だからだろうか。あるいは私が創作する者、小説家だからと言っても良いかもしれない。魔女、魔法を使う女。魔法とはありえない事象の創作。対象に天変地異の驚愕を与え、圧するもの。

私の母はなんでも作ってくれた。ハンバーグ、ドリア、カレー、食事は勿論、紙飛行機、あやとり、お手玉、簡単なマジックやおもちゃまで。私にとっての母は魔女なのだ。私にも、母のように何か創り出せるものは無いか。魔法のように創り出せる何かは無いか。そうして辿り着いたのが小説家という創作だったのだ。

母は、私が十歳のときに亡くなっている。

魔女についての話は今まで、様々な形で言い伝えられてきた。童謡や神話は勿論、漫画やアニメ・映画・小説、様々な媒体に登場し、語られている。でも、私はそのいずれにも納得していない。そんなものではないからだ。そう、母のような存在。それが魔女だ。と、言っても遠い記憶の断片だけでは魔女を描ききることは難しかった。魔女に会いたい。会って話をしてみたい。そうすることでやっと書けるのだ。私の小説は。

不本意ながらも大賞を取り、生活に少しばかりの余裕ができた今、出版社から情報を集めることができた。しっかりと納得できるものを見て、最後まで書ききろう。この作品ができれば、大賞なぞには収まりきれない大作ができるのだから。

さて、熱烈な志は時に人を惑わせる。冷静な判断力を奪うのだ。どうしよう。

村はずれにある森。ちょうど村から北東、つまり鬼門の方角にある森。ここに魔女が棲んでいるそうだ。私は簡単なキャンプ用品を背に冒険に出かける。夜になっても歩き続ける。いや、夜の山道ほど危険なものは無いのは知っている。が、様々な資料による偏見もあって、夜の方が魔女に出会えると判断したのだ。しかし、一向に会えないのは勿論、住まいらしきものも見つからない。大まかな場所は聞いていたのだが、夜道になり完全に迷ってしまったらしい。テントを張るような場所も無しに、懐中電灯まで電池が切れかかってきた。替えはあるが、一セットしかない。完全に見誤った。この森はかなりうっそうとしていて、通常よりも早くに日の光を感じなくなったのだ。

切れた電池を交換し、辺りを見回す。木、木、木と小道。何も無い。小道が三つほど見えるが、どれに行けばいいのだろう。どこに行くべきなのだろう。とりあえず、真ん中の道を少し進んでみる。一番広かったからだ。すると、ほど無く滝の音が聞こえてきた。水場だ。夜の水場は安全だったかどうか。正直あまり覚えていないが、少なくとも水がある。もしかしたら開けた土地もあるかもしれない。明確な目標ができたではないか。と、そのまま進むことにする。

なかなかに荘厳な滝の音。近くに来るとその様に圧倒される。滝周辺は木々の葉も開け、月の薄明かりを水が一身に受けている。明るいというか、そこだけ少し違う、生き物の様なうねりを感じる。幅は三メートルほどか、高さはおそらく十メートル以上ある。懐中電灯を照らして滝壺から順にその先を追ってみる。すると、人影が映った。驚くのも束の間、その人影が滝壺へと落ちていく。しまった。と思った。何故滝の上に人がいたかはわからないが、急に光を受けて平衡感覚を失い落ちてしまったのではないか。急いで私自身も滝壺へと飛び込む。

「大丈夫ですかー。どこですかー」

滝の轟音に負けぬように大声を張り上げる。そして水の上から、中から何度も何度も顔を出し入れしてその人を探す。そんなに深いところまでは来ていないのか、それともそこまで深くない場所なのか、腰ほどまで浸かりながら探す。仮に後者だとしたら大事だ。必死になって探していると、か細い女性の声が聞こえてきた。

「はぃ、だぃじょぅぶです」

今度は声を頼りに、水の上に焦点を絞って懐中電灯を照らす。すると、滝壺の方から黒い人影が、徐々に近づいてくる。懐中電灯に照らされて、その姿がはっきりしてきた。どうやら、既にそこまで深くない場所らしい、腰ほどまで浸かって歩きながらこちらへ来る。黒髪を縛っている髪型。あどけない顔立ち。一四、五歳か。もっと、若いかも知れない。黒い、ダイビングスーツに身が包まれている。ダイビングスーツ。えっ。

「あの～……、大丈夫ですか」

何を話していいかわからずに、とりあえず勢いで聞いてみる。

「はい、すみません。大丈夫です」

少女は少しはにかみながら、苦笑いを浮かべて応える。

「そう、ですよね。何をやっていたんですか」

姿から推察できるだろうに、ろくでもない質問をしたなと後悔をしながら質問を変えてみる。

「えっと」

そう言いながら少女は目を伏せがちにして、緊張を帯びた声色を奏でる。

「私、暗いのと高いのが怖くって。その。克服しようとしてて」

口があんぐりと開いてしまう。いや〜、こんなにも自然にあんぐりと口を開けたのは初めてだ。開いた口が塞がらない。更には、そんなことはないのだろうが、ダイビングスーツ姿で怖がりながら森の中を歩く少女を思い浮かべてしまう。ぶはっと、声が出た。

「笑わないでください」

少女はふくっとした表情になり、顔が紅潮する。語気は先ほどまでの緊張が覇気に変わって混じったようなものになる。

「すみません。いえ、その、意外だったので」

いやはや申し訳ないことをした。笑った自分を諌める。

「もういいです」

そう言って少女は水の中に潜って、泳いで行ってしまう。

「あっ、まっーー」

待って、と言いかけたところで止める。止めるのも何か変だ。とりあえず無事だったのだから。暗いということもあり、懐中電灯を照らさなければ少女がどこへ行ったかはもうわからない。泳ぐ音も、滝の轟音で掻き消されている。この滝は道の行き止まりだ。特に、開けたところもなし。引き返すしかなさそうだ。

ハックシュン
寒い。
着替えがないので全身が濡れたままだ。早く焚き火なりテントなりを張って、休む態勢を整えねばならない。思惑に耽りながら夢中になっていたので気付かなかったが、だいぶ身体も疲れてきている。先ほど、全力で救援しようとしたというのもあるだろう。とにもかくにももう座り込みたいほどだ。少女を引き留めなかったことを後悔する。人がいたというのは大変な収穫だったのだ。いや、ということはもしかしたらこの辺に家があるのか。

キャーー

物凄い悲鳴が夜の森に木霊する。後方からだ。どこかで聞いたことのある声。懐中電灯を照らして様子を見る。心臓が大きくゆっくりと鼓動する。熊に襲われたのか、オオカミか。近くにある枝を取った。

「キャーー、助けて」

見えるや否や、少女がこちらに猛進してくる。私は、後ろへ回るように合図をし、身構える。

と、

いきなり少女は正面から抱き付いてきた。

「ちょ、後ろに行けって。どうしたんだ」

当惑しながらも、来る敵に備えて少女を後ろへ追いやろうとする。が、まったく手を離さない。無茶苦茶焦る。

「ほら、敵が来るぞ、後ろへ隠れろ」

「くらい〜、こわい〜」

少女が泣きじゃくりながら、声を出した。その声を、言葉を聞いた瞬間。私は動きを止めた。

「くらい～」

少女は変わらず私を強くつかみながら声を発している。暗くて、怖い、と。

心臓の鼓動が急に静かなものへと変わっていった。

「おい」

ちょっと強めに呼びかける。

「こわい～」

「おい」

今度は少し静かに。

「え～ん」

「もう、大丈夫だから」

何か、すごく疲れた。優しく大きく息を吐きながら言う。そういえば、暗いのが怖いとか言っていたか。赤ん坊をあやす様に背中をさすった。

「ひゃっ」

突然、少女は反応し私から飛び退ける。私は一瞬訳がわからなかったが、腕で身体を隠すようにする少女を見て察しをつける。全く勝手な奴だ。

「あ、ありがとうございます」

少女は顔を伏せがちに目だけをこちらに向け、口を小さく動かしながらそう言った。

「家まで送るよ」

私がそう言うと、少女は小さく頷いた。

ちょうどよかったと言えばちょうどよい。会って。道を聞きたかったのだから。助けた、というか何というか、そういうのもあって一晩くらいは泊めてくれるだろう。風呂にも入れるかもしれない。着替えも。

「ハックシュン」

少しずつ乾きつつあった服だったが、少女の涙により胸の辺りが再度濡れた。変な汗まで噴き出してくる。というのもあって、くしゃみが出る。

「大丈夫ですか」

後ろをとぼとぼと、私の服の一部を引っ張りながら歩く少女が声をかけてくる。私は、時折ある分かれ道を彼女の指示に従って歩いている。

全く以てこちらの台詞だ。

「そちらさんよりは」

全身の気怠さが消えないままに応える。それにしても変な少女だ。暗所恐怖症で高所恐怖症のはずなのに、この暗い中一人で滝に行き、飛び込むことだってできているのだ。十分克服できているではないか。まあ、先ほどの様子から、暗所恐怖症は克服されていないようだが。

「なあ、どうやって滝に行ったんだ」

矛盾を正すために質問を試みる。果たしてどんな答えが返ってくるのだろう。

「私、この辺に住んでいるので」

いや、聞いているのはそういうことではない。が、良いことを聞いた。魔女についても何か知っているかもしれない。そうだ、魔女だ。何か一連のごたごたですっかり忘れていたというか何というか。いや、今は良い。先に少女の謎を解明しようではないか。

「いや、そうじゃなくて、暗いとこ怖いんでしょ。高いとこも」

きっと、高所恐怖症も治ってはいないのだろう。

「ああ、はい。えっと、明るいうちに滝の方行って、暗くて怖くなったら、飛び降りないと帰れないぞって自分に言い聞かせたんです」

なるほど、筋は通っている。

ようで、通っていないのではないか。それで飛び降りられるものかとか、その根性があるならとか、色々と突っ込みたくなるような言葉が溢れ出る。

「ところで、何でスーツ」

そう、彼女はまだダイビングスーツを着たままだったのだ。一番の疑問がついと出た。すると、少女は急に歩を止める。そのせいで、私の服がチーズのように伸びた。

「ちょ」

後ろを見ると、少女が私の服をつまんだまま顔を伏せている。私は少し後ろ歩きをして戻る。

「いやいや、気にしてないから気にしないから」

そう取り繕う。今は一刻も早く屋根の下に入りたい。このまま留まられても困る。

また、少し歩き出すと、ちゃんと付いて来てくれた。

「克服するのは難しいよな」

まあ、およその一連で色々察しはつく。ようは着替えようと思ったが、暗くて怖かったため駆け出してしまったのだろう。ん、そう言えば彼女は懐中電灯も服も持っていないが、置いてきてしまったのだろうか。なんとも切ない恐怖症である。いや、それよりも懐中電灯無しによくもまあ正確に道を辿れたものだ。よほどこの森を知り尽くしているのだろう。そうだ、魔女。

「君は、魔女について何か知っているかい」

村で噂されている魔女は様々な悪評で語られていた。読心術を使える、錯乱魔術の使い手だ、人を誘惑し殺す、人を動物に変える、虫や草を食べて生きている、など様々だ。実際、この森に入った人達は行方不明になることも多いとのことだ。きっと、そういうのもあって歪曲して話が膨らんでいるのだろう。

「魔女。知らない」

少女は少し呆けたように応える。意外だった。というのも、魔女の話は村人全員が知っている話だったのだ。無論、少女は村から外れたところに住んでいるようだし、もしかしたら迷っているうちに、東か北の街に近付いていて、もうその区画なのかもしれない。

「お兄さんはどこから来たの」

少女が初めてこちらに話しかけてきた。何か少し胸がすっとする。

「南西の方に山に囲まれた村があったでしょ。あそこから、魔女の噂を聞いて来たんだ」

こういう言い方をすれば、現在の場所がわかる情報をくれるかもしれない。まあ、くれなかったら、また改めて聞けばいい。

「ああ、あそこか。あそこ嫌い」

少女はあからさまに嫌悪感を言葉に乗せる。相当嫌なのだろう。一体何があったのか。しかし、今の一言で少女が魔女について知らないことと、現在の場所について予想がついた。

「なんで、魔女に会いたいの」

少女が平坦な声色で聞いてくる。

「んっ。実は僕は小説家でね。ネタ探しってやつだよ」

本当はもっと色々言えるが、面倒臭いので割愛した。まあ、大まかに言えば、今言ったことなのだから問題は無かろう。

「えっ、作家さんなの。何書いてるの」

少女は急に明るくなって話し始める。本が好きなのだろうか。そうかもしれない。こんな山奥では娯楽も少ないだろう。

「うん。この前、大賞を受賞してね。今、持ってるよ。後で読む」

「うん」

力強く、きらきらとした返事だ。何か、こちらまで明るい気分が沸き起こってくる。感想を貰うのが楽しみだ。

少女は返事の後も作品について色々聞いてきた。どんな話なのか、どうして作ったのか、どんな賞を受けたのか。ネタバレしないように話すのは正直難しかったが、なんとか凌ぐ。そんな最中にも少女は私に指示を出して家へと誘導する。まだ着かぬのであろうか。ふと、懐中電灯が照らす先以外の景色も見てみる。すると、うっそうとした木々が静かにこちらを見ていた。なるほど、少女が暗いところを怖がるのもわかる気がする。

「へぇ～、面白そう」

いつの間にか、後ろで服を引っ張られるような感覚はなくなっていた。

二　麗しの少女

古ぼけた大きな家。屋敷と言えるほど大きくはないし門も無いが、仮に四人暮らしをしているとするには大きい家だ。二世帯とかで暮らしているのだろうか。いや、うなずける話だ。一世帯で住むには寂しすぎる。それほどにこの場所は村から離れている、と思う、し、森の中で孤立している印象がある。敷地の端には古ぼけた小屋も見える。こちらは人が住むには広さといい外観といいお粗末すぎる。というのも、大きな穴が二、三ケ所開いていたからだ。鳥でも飼っているのだろうか。比較的縦長の小屋だ。

「あの小屋は」

家に入る前にそれとなく聞いてみた。道中で、だいぶ打ち解けたというのもあり、気楽に聞ける。

「あ、鷲を飼ってるんです。その鷲を育てて、街で売るんです」

そう言いながら、家へと入る。

「お邪魔します」

なるほど、そういう仕事もしているのか。と、感心する。そういえば、家族は何をやっているのだろう。

「そういえば、誰がいるんだい」

「うん。おばあちゃんだよ」

少女はあっさりと応える。が、情報が足りない。生計の立て方だったり、どんな家族構成でどんな暮らしをしているのかだったり、色々な説明がつかない。まさか、おばあちゃんだけというわけではなかろう。

「おばあちゃんしか今はいないということかな」

「んっ。おばあちゃんしかいないよ」

ドキッとする。

「えっ、おばあちゃんと二人暮らし」

確認してみる。

「うん。そうだよ」

あっけらかんと少女は応える。変な汗が出てくる。少し、立ち止まってしまった。

やはり、この少女は謎が多い。もういっそのこと、存在そのものが理解できないと言っても過言じゃない。おばあちゃん推定最低六十歳と、十四、五にも満たない少女の二人暮らし。しかもこんなにも孤立した森の中でだ。よっぽどの事情があるに違いない。が、それだけに聞き辛い。たとえ、少しばかし打ち解けているとは言ってもだ。

「こっちだよ」

いつの間にかいなくなっていた少女が、通路脇の空間、部屋から顔を出し、声をかけてくる。招かれるまま中へ入ると、だいぶ広い部屋が姿を現す。だいぶ古風な作りのリビングだ。というか豪華だ。印象として。内装はしっかりしているというか、手入れが行き届いているというか、豪華というか。とにもかくにも凄いと感じさせる造りだった。外観の古ぼけた感じとはだいぶ違う。この部屋も、暖炉があり、彩色豊かな絨毯があり、鹿の頭があり、屋敷の絵や風景画があり、揺れる長椅子がある。そして、その長椅子におばあちゃんがいた。

「失礼します」

「ありがとう」

とりあえず挨拶をと思ったが、間髪入れずにお礼を言われる。この少女にしてこのおばあちゃんか、訳がわからない。おばあちゃんは暖炉をじっと見つめたままで、こちらに振りかえろうとはしない。

「あっ、はいえっと」

「この子を連れてきてくれたんでしょ」

何もかもわかっていると言わんばかりにそう言ってくる。しわがれた、ゆったりとした声だった。

「ゆっくり休んでください。お風呂は沸いていますので」

「……はい」

半ば一方的に話が終わる。あまり会話が好きではないのだろうか。まあ、とりあえず私としては一泊できること、風呂に入ることが叶ったわけで、不満があるわけではない。

「お風呂こっちだよ」

少女が部屋の入り口で呼びかけてくる。改めて、明るいところで遠目から少女を見ると、小柄ながらに意外と成熟しているというか何というか。ダイビングスーツを未だに着ているというのもあって輪郭がはっきりしているというか何というか。うん、身長は百五十センチちょっとだろうか。

「十七になる子です。仲良くしてやってください」

ドキドキッと心臓が跳びはねる。唐突におばあちゃんが話しかけてきたから、というのもあるが、この少女が十七歳だと。私と五つも変わらないじゃないか。というか、あのどこかたどたどしいしゃべり方で。しかも、そこにつけてあの性格というか、性質というか、ビビり具合で。泣いていたぞだって。いや、まあ、こんな人里離れた空間で育ったのならば多少そういう面があるのもわかるか。それに「この」おばあちゃんと二人暮らしなら、幾分か説得力もある。が、その、いや、なんというか。

「お兄ちゃん、早く」

いつまでも立ち止まっている私を、改めて呼びに来る。柱からひょっこり顔を出して、不思議そうな顔をして。私は少し少女の視線から目を逸らす。

「ああ、ごめん」

そう言って、どこともなしに視線を泳がせながら少女に付いていった。

風呂場もやはり豪華だった。全般的に檜造りで檜の香りが心地良い。床も檜だというこどもあり、入った瞬間にタイルのような冷たさは感じない。まあ、厳密には豪華ではないか、綺麗に整っているというのが正しいのだろう。節々の角は丸く削られており、転んでぶつかっても大怪我はしなさそうだ。二人暮らしと言っていたが、それ以外の誰かが干渉している、支えているような印象がある。

ザバーン。

勢いよく、湯船に身体を浸ける。待ちきれなかったのだ。今日一日の疲労を湯船で解したい。ふぅ～、と疲れが声になって出てきた。幾ばくか眠くなる。だいぶ歩き回った。正直、足が棒である。もう一歩も動きたくない。既に筋肉痛になっているのがよくわかる。もう一度ふぅ～と息を吐く。

「わたしも入るね」

「んっ、ああちょっと待ってね。すぐ上がるようにするから」

そうだそうだ、風呂に浸かりたいのは私だけではない。少女とて、濡れたダイビングスーツでずっと歩いていたのだ。放っておけば、風邪を引いてしまう。

ガラガラッ

そう思って、立ち上がった瞬間。ドアが勝手に開く。やはり古ぼけた家にしては作りがしっかりし過ぎている。自動でドアが開くなど、ハイテクにもほどがある。

……

ではない、少女がバスタオルに身を包ませながら、急に入ってきた。

○△×□

◎▽※◇

茹で上がったタコが泡を吹いた。

「良い」

いい。ではない。いい、ではない。な、な、な、な、何を考えているんだこの少女は。右手を胸下から左肩に通してバスタオルを摑み、笑顔で、入ってきた。あ、あっけら、けらかんと。恥じらいというのが無いのかこの少女に。

少し谷間が見えそうである。

いや、こんな人里離れた場所にずっと二人暮らしなら、仕方ないのか。足が長く見える。隠れているところが少ない。

いやいや、そう言えばさっき背中を擦ったとき、飛び退けなかったか。あるじゃないか恥じらい。

私は身体を湯船に隠す。

なんだ、私を好きになったのか。あれか、小説家だからか。あの辺りから、だいぶ砕けた感じにはなったからな。小説家に憧れのようなものがあったのだろうか。ま、まあ、二度に亘り助けようとした男気も見せているわけだし。ま、まあそうなるのもわからなくないか。

少女は平気な顔をして、椅子に腰をかける。

いや、いやいやいや。それにしても非常識だ。やはり人里離れた場所にずっといたから感覚が狂っているんだろう。誘うような仕草だって別にあるわけじゃない。——まあ、行動そのものは、と、とても誘っているが。

私は息を飲む。

かかか風邪は誰も引きたくないものな。長く入りすぎた、配慮の行き届かなかった私が悪い。

少女は、身体を、洗うために、バスタオルを、肌から、外し、近くに、かける。

ふぅ。

バスタオルによって、はっきりしなかった輪郭が、乳房やら何やらが、横から、全て手に取れるくらい、はっきりと、見えてしまう。

ザバーン。

私は光よりも速く立ち上がり、音速を超えて爆音とともに風呂場を去った。

脱衣所、いや着衣所で。呼吸を整える。鼻から血が垂れてきた。光速を超える人智を超えた業を使ったからだろう。よく小説とかであるではないか。超能力を使うと鼻血が出るあれだ。

んなわけあるか。

少しふらっとする。超能力を使ったからではない。疲れた。良い思い出だ。いや、違う。人生で一番疲れた。人生で一番長い時間だった。人生で一番印象的だった。いや、違う。

魔女だ。そうだ魔女の家なのだここは。そうだ魔女だ。場所的にも、あの老婆もまさしくそうではないか。う、噂と違うことなし。調査と違うことなし。ゆ、ゆ、ゆ、誘惑する。おおお男を。うう～～ん。

はぁ～～～、ふぅ～～～。

長風呂しすぎたな。

男物の着替えが置いてあった。近くに少女の着替え――見ないぞ私は。やはり誰かの手を感じる。第三者がいるはずだ。後で、少女に、いや、おばあちゃんに、いや、明日聞こう。もう疲れた。部屋は、どこだろうか。それは、リビングにいるおばあちゃんに聞かねばならない。そそくさと着替えを終わらせ、リビングへ向かう。

「お食事はしますか」

リビングへ入ったや否や、おばあちゃんが話しかけてくる。

「いえ、大丈夫です。今日は疲れたので、もう寝ます」

「二階の奥の部屋以外は使って大丈夫ですよ。あそこはあの子の部屋なので」

「はい、わかりました」

そう言って、リビングを立ち去る。あのおばあちゃんは一体何者なのだろう。魔女の条件は、今のところ満たしている。というか噂されている魔女そのものではある。噂なので、多少誇張されている部分もあるだろうが、まるで人の心を見透かしたような話の切り出し。フード付きのコートで揺り椅子に揺られて暖炉をじっと見つめている様。しわがれた声。魔女だと言われても仕方がないだろう。ただ、言葉の端々がところどころ若々しくもある。そのせいで、見た目よりも若く感じてしまうのだ。妖艶な印象がある。そう言えば、横から見ていただけで、しかもフードも被っていたため、しっかりと顔を見られなかったが、どんな顔立ちをしているのだろう。

そう言いながら、通路が薄暗かったため蠟燭を点ける。ああ、そう、このボロ家にも不思議なものを感じざるを得ない。明らかに電気が通っていそうにない場所に位置しながら、数は少ないけれども電球、それもシャンデリアとかそういうおしゃれなものに照らされている。この通路には階段下の手すりに照明が一つ。リビングにはシャンデリア。そして、風呂場も電気だった。電気はどこから通っているのか。通路の中腹や階段の中腹には、壁に蠟燭かガス灯がある。電気、蠟燭、ガス灯。不思議な時軸の中にいる印象がある。これもまた、魔女と噂される理由なのだろう。

階段を上がり、今度はガス灯を点ける。二階は五部屋に分かれていた。確か、一番奥は少女の部屋だったか。まあ、そこまで行く気にはなれない。一番近い部屋でいいだろう。なんだったら今、階段を上ったため足が悲痛な思いを叫んでいる。すぐ右手の部屋に入る。ああ、やはり広い。十畳はあるだろうか。どう考えても二人暮らしする家ではない。しかし、あまり埃っぽくないな。ちゃんと掃除はしているようだ。この大きな家を、二人で。

うーん。

考え込みながら、ベッドではなく机に向かう。広い部屋と言っても、あるのは机とベッドと箪笥だけだ。無駄に広いだけ。何かもったいないような気もする。すぐにベッドに潜り込まなかったのは、今日のことをメモ帳に記録しておくためだ。疲れてはいるが、それ以上に大切なことだ。何故なら、まさしく今私の求めていた魔女と出会っているのかもしれないのだから。メルヘンでもない、変に現実的すぎることもない、魔女。傍から見れば魔法のようなことをする。しかし、その実は魔法でない。そんな魔法を使う女。現状はまだ、メルヘン寄りの魔女だ。その実がわからない。だが、わからなくもない謎だ。う〜ん。というか、ちゃんと裏がありそうな、根拠のありそうな、すっきりする答えがありそうな気がする。そんな謎だ。色々調べれば、話を聞けば判明してくるだろう。おそらく一つ一つは取るに足らない理由だろう。だが、全てが繋がったときは、面白い。小説のネタとして、こんなに優れたものは無いだろう。きっと。そう思える。

コンコンコン

「お兄ちゃん、入るね」

少女の声だ。一瞬ドキッとする。少女もまた謎の多い存在だ。ただ、こちらの理由は取るに足らないものではないだろう。おそらく、重苦しいものだ。中を覗かせてくれるだろうか。時間がかかりそうだ。元来、人は中を覗かれるのを嫌がるものだ。私とてそうだ。ずかずかと入り込まれるようなことをされたら、非常に不快感を覚えるだろう。だからこそ、あの老婆も魔女と嫌厭されるのだ。中を覗かれるというのは、裸を見られるくらい恥ずかしいことなのだ。いや、まあ、その、ひょんなことに、私は見たが……。

意外と、いけるのかもしれない。

「どうしたんだ」

と、とりあえず、何をしに来たか、からだ。ま、まさか今になって怒りに来たわけでもなかろう。

「本、読みたくて」

ああ、そう言えばそんなこと言っていたな。

「ああ、そう言えばそんなこと言ってたな。あるよ、はい」

私はカバンの中から、本を取り出して渡す。できるだけ目を合わせないように。顎下の方を見ながら——寝間着を着ていた。いや、当たり前なのだが、寝間着を着ていた。寝間着を。寝間着というのはなんと、なんと無防備なものか。む、無防備だ。か、か、か、わ、い——

「さあ、もう寝たいから。出てってくれ」

ちょうど書きたいものも書き留め終わっていたので、寝ようかと思っていた時分の訪問ということもあり、私は寝たい意思を伝える。

ちょうど書きたいものも書き留め終わっていたので、寝ようかと思っていた時分の訪問ということもあり、私は寝たい意思を伝える。

大事なことだから二度言った。ちょっと、語気が荒くなってしまったが。

「ここで読んでいい」

つまり、もっと話そうと……。

なぁにが少女の謎を知るいいチャンスだぁ。この馬鹿が。時間をかけろと言ったばかりではないか。急がば回れという言葉を知らんのか。いいから、ちゃっちゃと消えるのだ。

「ダメだ」

「なんで」

なぜそんな寂しそうな顔をするのだ。あっ、しまった。顔を見てしまった。謀ったな。魔女め、悪魔めが。その手には乗らんぞ。

「ちょっと、疲れてるんだ。今日は」

悪霊退散悪霊退散。森羅万象、天変地異、天上天下は唯ちゃん独尊。

「そっか、わかった」

少女よ、唯ちゃんには敵わないのだ。よ~くわかったか。いや、しかし、素直な子はとてもいい子だ。いい子いい子、は、したいけどしないぞ。ま、いい子に眠るのだ。今度ごほうび……ん指の～、指の～、五本指で～手品を見せてあげよう。

バタンッ。

少女が強めに扉を閉める。お、怒っている。まさか、素ではなくて誘惑していたのか。あのあどけない少女が。いやいや、馬鹿な。そんなわけがあるまい。そんな手練手管が使えるような妖術使いではあるまい。使えるとしたら、おつかいくらいだろう。

……。

私は決してダジャレを後悔しない。ダジャレとは男に元来備わった財産なのである。

ふ～ん。

もう疲れた。寝よ。

私は今日何故か何度も殺されたような気がする。そんなことを思いながら明かりを消す。疲れ切った心身に休息を与えよう。

三　売る鷺の少女

i

月明かりと星々が輝き始める頃合いに、私は少女と森の中を歩いている。月の光も星々も、精一杯に輝いてくれるのだが、この森の木々は光が届かぬよう遮ってくる。真っ暗な木、真っ暗な道。その先を見つめると、暗闇に飲み込まれそうになる。ぞわっと、寒気がする。仕方なしに懐中電灯を使って照らす。少女は黙々と歩く。この夜の静寂に呼応するように。

昨日もそう言えばこんなだったたか。ただ、少し違うのは、今日は家ではなく滝の方に向かって歩いているということ。昨日、忘れてきた着替えを取りに行くことになったのだ。少女が怖がる夜を選択する必要性はないのだが、そこはまあ必然的にこうなっただけだ。

今日の朝は疲れもあったせいか、だいぶだるだるに起きた。身体がのそのそする一方で、外からたくさんの気配を感じた。何か大きな気配だった。人か、いや、違う。なんせ二階の窓辺からだ。窓を開けると太陽の光の眩い中で数羽の鳥が、北の小屋目がけて飛んでいく。鷲だ。すぐにそう思った。気になってすぐさま小屋に向かう。すると、たくさんの鷲が小屋の中に留まっていた。小屋の中は四方八方に止まり木が張り巡らされており、まるで動物園のアスレチックである。その止まり木にぎっしりと鷲が並んでいた。下を見下ろして、何かを待っているように。訓練された軍隊を見ているような気分だ。完璧に圧倒される。大小様々な種類がいるが。よく見ると比較的小さいものから下に留まっている。そんな中、唐突に声が聞こえてきた。

「おはよう」

びくっとして、視線を平行に戻す。自分に話しかけてきたものかとも思ったが、そうではないらしい。少女の声だ。少女が軍隊に朝礼を行っている声だった。

「皆、偉いぞ。ご飯は食べた」

少女はにこにことそう話しかける。しかし、鷲は応えない。

「昨日から、小説家のお兄さんが泊まってるの。皆仲良くしてね」

今度は鷲達が鳴いて応える。キュー、キュー、ワン、ワン、非常に高い音だ。私は鷲などの鳴き声は聞いたことがなかったため、感動する。と、共にまた圧倒される、その大合唱に。

「はいはい。落ち着いて落ち着いて」

少女がそう言うと、鷲達は静かになる。なんと教育の行き届いていることか。よく見れば、鳥小屋の割には、糞が落ちている気配がない。いや、そう言えばご飯食べたと聞きながら、ご飯を出した気配もない。

「そういうことだから。宜しくね。じゃあ、今日は解散」

少女がそう言うと、出口に近い方から順番に飛び立っていく。これまた素晴らしい光景だ。

「おはようございます」

私が上をじっと見ていると、少女が話しかけてくる。今度は、私に言っている。

「おはよう。すごいね」

素直に感想を言う。

「皆、友達なの」

少女はそう言って歩き出した。私もそれに付いていく。

家に帰る道中で、私は少女に鷲について色々聞いた。ご飯のことや、掃除のこと、どうやって飼っているのか等を。食事やトイレに関してはほとんど自立しているとのことだ。特別訓練しているわけではないが、言うことを聞くのだという。そして、この教育の行き届いた鷲を売っているというのだが、北の都市に定期的に買い付けてくれるお金持ちがいるそうだ。毎月十羽はそこで売れるとか。そこから電気の話になり、その金持ちが色々手配してくれているのだそうだ。家の脇に貯電タンクがあるのを確認した。

「おはようございます」

私はダイニングテーブルに座り、おばあちゃんに挨拶する。今日は先に話せた。

「どうぞ、お召し上がりください」

目の前には既に朝食が準備されており、その内容には趣を感じる。主食はパン。これは何の変哲もない。いや、自家製だと聞いてびっくりはしたが。副菜に置かれているのは蕨や筍といった山菜を生かしたサラダに、川魚を焼いたもの。パンに塗るものとして、これまた自家製のフルーツジャム。あと、特製スープなるものが出ていた。これがまた少し薬味がかった不思議な味で美味しかったのだが。中身を聞いて、吐きそうになる。ムカデやコオロギ、アリ等の虫と魚の骨、山菜の端切れ、でだしを取って、玉ねぎと人参を具にしているものらしい。なるほど、魔女の食べ物だ。まあ、美味しいのだが。

「おばあちゃん、調子悪そうだね。風邪引いた」

食事の折に、少女がそんなことを言った。昨日今日の私にはおばあちゃんの体調の異変などわからなかったが、少女にはそれがわかるようだった。

「大丈夫だよ」

おばあちゃんは弱々しく言う。

「ううん、ダメ。風邪引いてる。後で薬買ってくるね。今日はゆっくり休んでて」

そんなこんなで、朝食の後に薬を買いに行くことになった。一番近いという、少女の嫌いだと言った、あの村に。いつもは北の都市か東の街に行くことが多いのだそうだ。理由は鷲も一緒に売りに行くからということだ。つまり、人口が多い方が売れる可能性があるということだ。無論、あの村にも行くことはあるらしいが、個人的な感情もあって行くことは少ないらしい。今日は、薬を早く買ってきたいという意味もあって、鷲は売りに行かない。朝食を摂り終えると二人で急ぎ足で村に行く。

流石に迷いなく進む少女に、感心しながら私はこの道を覚えきれないな、と思った。どこかで見たような道がありすぎるのだ。昨日、一日かけて歩いていただけに、かえってその映像が混乱を招いた。帰りに覚えよう等と考える。

「そう言えば、いつからあの家にいるんだい」

とっとっとっ、と歩いていく中で、私は兼ねてよりの質問を切り出す。

「んっ。え～とね。五年くらいかな」

五年か。二人の様子からずっと住んでいるわけではなさそうだとは思っていた。

「どうしておばあちゃんの家に住むことになったの」

親類なのか、どうなのかも確かめたいため、おばちゃんという部分をまるで親類と思っているように聞く。

「おばあちゃんが好きだから」

失敗した。欲しい情報が何一つ得られない。

「わたしね、十歳のときに独りになったの」

と、思っている最中、少女が続けて核心たる情報を言う。

「十歳のとき、独りに」

今度は良ければ話してくれないかと、気持ちを込める。

「交通事故でいなくなっちゃったから」

なるほど、両親は交通事故で。しかし、五年前にあの家に住み始めたということは、二年間ブランクがある。

「それで、おばあちゃんに引き取られたんだ」

先ほどの芝居を継続する一方で、二年のブランクが勘違いか、中身のあるものかを問う。

「違うよ」

心なしか少女にしては強い言葉で否定してくる。そして、そこでだんまりとしてしまった。これは、おばあちゃんの方に聞かねばならないようだ。

その後は何故か気まずくなり、ただただ歩を進めていった。だいぶ気に障ったようだ。少女はむすっとしている。一時間半ほど歩いただろうか、ようやく村に辿り着く。私は筋肉痛となっていた足を労ってあげたかった。が、少女はそそくさと薬局に向かっていく。だんだん、だんだん少女との距離が離れていった。ぎりぎり、少女が建物の中に入るのを視認し、少し安堵する。足を引きずりながら近くのバス停のベンチに腰を掛ける。このバス停はボックス状の建物の中に机と椅子が置いてあるタイプであり、おそらく休憩所としても機能しているのが窺える。そしてそこには村人も座っていた。

「こんにちは」

村人はいかにも畑仕事やっていますという格好をした老婆だった。バスを待っているという感じはしなく、おそらく近くの畑で作業している合間に休んでいるのだろう。

「こんにちは」

私は疲れを言葉に乗せながら挨拶を返す。

「ももちゃんを追ってきたのかい」

心臓が跳びはねた。言い当てられたからではない。いや、それもあるがももちゃんもちゃんという言葉だ。おそらく少女のことを指すその名称に驚きを隠せない。そういえば、も名前は聞いていなかったか。しかしながらこの老婆、事情を知っていそうな口ぶりである。思わぬ収穫がありそうだ。

「はい、あの、ももをご存知で」

気持ちを落ち着かせながら、まるでこちらもある程度の事情は知っているというようにももという言葉を使ってみる。

「ええ、存じてますよ。まあ、あの子も大変よね」

老婆はそう言いながら、お茶を飲んだ。その後を続ける気配がない。さっきの素振りが裏目に出てしまった。仕方がないのでこちらから聞く。

「どう大変なんですか」

「ああ、あんた何も知らないのかい」

「はい」

今度は何も知らない体でいこう。

「あの子はね、両親を小さい頃に亡くしてるんだよ」

それは知っている。さっき聞いた話だ。それでも、情報が聞きたくて芝居をする。

「そうだったんですか」

「実はね、あの子は本当の両親からは虐待されててね」

「虐待」

新しい情報だ。

「そういうのもあって、まだ小さいから、親類に引き取られたんだけど、馬が合わなかったのか、家出したんだよ」

「家出」

なるほど、二年間は親類の家にいた期間だったのか。

「親類の親は、随分優しくあの子のことを可愛がっていたんだが。何が気に食わなかったんだろうね」

「はい、そうですね」

色々な想像はつく。虐待されていたのだから親というものに恐怖心を抱いていた可能性がある。そのため、新しい親というのはそもそも嬉しくないものなのだろう。それに、いきなり知らない人が親になると言っても、そもそも簡単に受け入れられるとは限らない。たとえ、優しかったとしてもだ。

「どうして、色々知っているのですか」

さも当たり前そうに話す老婆に問いかける。もしかしたら、ももは魔女と同じくらい村では有名なのかもしれない。

「そりゃあんた、捜索隊やらなにやらを出したからさ。大掛かりにね。でもてんで帰ってきやしない」

「捜索隊」

何やら話が面白くなってきた。引き取り手の親が、少女を捜すための捜索隊を出したと言うことだろう。しかし、その捜索隊が戻らない。これこそが魔女の噂の根源たる部分ではなかろうか。

「あの子はね、魔女に誘惑されたのさ。そうじゃなきゃ、あの家から家出するもんじゃないよ」

「魔女に、誘惑」

「そうさ、魔女が邪魔するんだよ。あの子は魔女に洗脳されてて、説得しても耳を貸さないんだ。捜索隊がたくさん森の中に行くんだけども、全然帰ってきやしないんだよ」

洗脳の如何はともかく、森が迷いやすいのは身をもってわかる。しかし、行方不明というほどのものなのか。仮にも捜索隊はプロだろう。

「この村に来たときに、彼女を無理やり取り押さえればいいじゃないですか」

「あんたな〜んにもわかってないね。魔女の魔法はそんな生易しいものじゃないよ」

そう言ったところで、老婆は言葉を止める。

「わたしゃ何も見てない。見てないよ。ああ恐ろしい」

そして、急に独り言のように呟き始めた。

「わたしゃ仕事に戻るよ。あんたも気をつけな。ももちゃんには構わない方がええ。自分の身が可愛いならね。このまま逃げてお行きなさい」

老婆はそう言って畑の方に去って行った。

さて、ここにきて非現実的な魔女の存在がちらほら顔を出してきた。あの様子からするにあの老婆はその未知の力を目の当たりにしたのだろう。果たしていったいそれがどういったものなのかはわからないが、魔法と言わしめるほどの力には違いないだろう。ただ、噂の半分ほどは取るに足らない事実が歪曲したものだ。今までの調査というか、体験からそんな気がする。さて、しかし行方不明。どちらにせよ、この言葉に関連した力なのだろう。

思惑に耽っていると、少女が横を通りすぎる。それを見て慌てて付いていく。

「薬は貰えた」

ふと、そう言いながらこの村での少女の噂と魔女の噂が連想的に重なる。

「うん」

少女は私には構わずにスタスタ歩く。そして、少女が幾分か不機嫌になっていたのを思い出す。

「いや、なんかごめんね。気を悪くさせたみたいで」

どうして気を悪くさせたのかがわからないまま謝る。

「うん」

少女は感情無しに頷くだけで、あまり謝罪が効果をなしていないのがわかる。

「おばあちゃんの体調良くなるかな。急がないとね」

そう言って、足早に少女の前に行って自ら先導する。

「道わかるの」

すると、少女が少し歩を緩めながらそう聞いてくる。

私は勢いよく振っている足を、勢いよく止める。そして、勢いよく振り返る。

「いや、全然」

そう言って、笑って見せた。すると少女も歩を止め、笑い出す。

「こっちだよ」

少女は先ほどよりも柔らかい歩で、私の前を先導し始めた。私ははにかみながらそれに付いていく。

少女に構うな、さっさと逃げろ等と言われたが。そうするつもりはなかった。少女も魔女らしきおばあちゃんも悪い人には見えないし、なにより私の追い求める魔女がきっとそこにいるのだから。

家へ戻ると早速おばあちゃんに薬を渡す。おばあちゃんは昨日と同じく、暖炉を見つめていた。風邪ならば部屋で休めばよかろうに。等とも思ったが、きっとあそこがこのおばあちゃんのポジションなのだろう。

「ありがとう。お昼ご飯は今作っているから」

往復で約三時間ちょっと。そこそこおなかも空いてきた。ついでに疲労もある。ここはゆっくり話をしたいが。

「おばあちゃん。動いちゃダメって言ったでしょ。おばあちゃんはここにいて、私が作るから」

なにぶん、ご病気のご老体を目の前にして休んでいるわけにもいかないだろう。

「私も何か手伝おう」

「ありがとう。じゃあ、家の掃除お願いしていい」

「わかった」

家の掃除か、この広い家を掃除するのは骨が折れそうだ。だが、まあ病気を差し引いても二人だけに掃除をさせるには心許ないものでもある。まあ、魔法でも使えばあっという間だろうが。

「とりあえず、鶩小屋の方お願いしていい」

少女はそう言って、キッチンに入って行った。掃除というが、どこまでするべきか。

「床だけ、簡単に掃いてください」

「ああ、はい」

おばあちゃんが自慢の先読みで私にそう言う。私は軽く挨拶して小屋へと向かう。

これは仮説だが、ここを訪れた人間は多いのではないだろうか。ずっと二人暮らし、というほど生活感が薄い感じはしない。魔女探しか、行方不明者探しか、ももを連れ戻すためかはわからないが、何人もの人間がここを訪れているはずだ。きっとこうやって掃除を手伝ったりしているはずだ。あの二人だけでやったなら半日かかってしまうだろう。所々細かいところまで見てみるが、意外と丁寧に掃除されている。そういうのも相まって、この仮説を強く推したい。それに、あの着替えだ。女二人暮らしのはずなのに、男物の着替えがあるのはあまりにも不自然ではないか。

とはいえ行方不明者が置いていったとは考え辛いか。行方不明の真の原因がどこにあるかはわからないが、服だけ置いていくというのはあり得ないだろう。噂にあった動物にでも変えられたら話なら別だが。行方不明か。この二人が関与しているとなるといったい何があるというのか。人殺し。いや、まさか人殺しするような性質ではあるまい。二人なら道案内もできよう、迷っただけというのも如何なものか。では、やはり魔法か。いやいや、そんな摩訶不思議な魔法は存在しないだろう。そもそも、人を消す理由などそうそうあるものでもあるまい。いや、まあ、ももを無理やり連れ戻す輩であれば消したくなるのもわかるが……。

バス停の老婆の震えを思い出す。

いや、まさか。

鶯小屋の中は、朝に見かけた時と同じで非常に綺麗だ。動物が住んでいるという感じがしない。糞が散らかるわけでも、動物の匂いが立ち込めるわけでもなく、餌や水すらない。飼育しているというよりは、ただの集合場所ということなのだろう。おばあちゃんの言う通り、床を掃くだけで良さそうだ。ついでがてら、少々汚れがあるようなところを雑巾で拭こうとする。しかし、壁に数ケ所あっただけで、それもすぐ終わってしまった。三十分もしなかった。毎日していれば掃除の手間も少なくて済むのか、等と考えながら家へ戻る。

「次は二階の部屋をお願いします」

帰ってくるや否や、そう言われて今度は二階へ向かう。二階は五部屋。一番奥が少女の部屋で、手前右が私の借りている部屋。残りは知らない。が、書斎はありそうだ、少女はきっと本好きだからだ。とりあえず、自分の部屋から掃除する。例になく、さほど埃っぽくない。使わない部屋は、埃っぽくなるものだが丁寧に毎日掃除されているのだろう。あまり掃除は得意ではなかったが、借りているという手前もあって私にしては綺麗に掃除するように取り組む。だがそれも、十五分程度で済んでしまった。次の部屋、向かいの部屋に入る。部屋の構造は私の部屋と大差ない。埃っぽくもない。ここも、おそらく客室だろう。やはり十五分ほどで終わる。今度は私の隣にある部屋だ。ここが書斎となっていた。棚が三列に並び、また箱型にも並んでいる。九棚ほどあるようだ。そのほとんどの空間に本がびっしりと並んでいる。洋書、和書、歴史物、伝記、ドキュメント、図鑑や地図類、近世書物、現代書物。現代書物は純文学を中心に大衆文学となんとライトノベルまで置いている。それぞれがきちんと色分けされている。ちょっとした図書館だ。そして、やはりどれも埃っぽくはなかった。ゆっくり、眺めながらほこり取りブラシを振る。

私の本はまだこちらに置いていないか。

現代書物の棚を掃除しながらそう思う。まだきっと少女の部屋にあるのだろう。どこまで読んだのか。一応、純文学として書いているので少女には合いそうだ。

「ご飯できたよ」

ひとしきり埃を落としたところで少女が入ってきて声を掛ける。まだ、床を掃除してないが後でも大丈夫だろう。

「たくさん、本があるんだね」

そう言いながら外へ出る。

「うん。本好きだから」

少女は明るくそう答える。

「おばあちゃんも読むの」

あれだけ多彩に大量に本があると、長年の蓄積を感じる。先ほど、少女は純文学が好きそうだと勝手に当てをつけたが、もしかしたらそれはおばあちゃんかもしれない。何分純文学は齢が高い層にほど人気が高く、低いほど人気が低いのだ。少女はまだ一七である。

「昔はよく読んでたみたい。最近はあんまり読まないかな」

確かに、暖炉の前でボーッとしているイメージがある。まあ、本を読んでいる姿も違和感ないが。

「でも、よく読む物はあるよ」

「よく読む物。愛読書ってことかな。どんなやつ」

「『愛する者の讃美歌』って作品」

聞いたことのない作品だ。先ほどの書斎にもあったかどうか。愛読書なら、自分の部屋にあるか。

と、そうこう話している間にキッチンに着く。昼食はシチューのようだ。おばあちゃんがシチューを盛っている。

「おばあちゃん。動かなくていいってば」

その様子を見て、少女が超能力を使い光速に動く。……いや、何でもない。

具材は割かしまともだ。いや、ムカデとか入っていたらどうしようかと一瞬不安だったが、とりあえずそういう類いのものは見当たらない。

「ジャガイモと人参と、ワラビと白菜、鶏肉だけですよ」

おばあちゃんが私の一抹の不安に回答する。

「隠し味は入れといたけどね」

少女が付け足す。隠し味はママの味。と、母が言っていたのを思い出した。その言葉を聞いていつもうきうきしていたが、何故か今はそんな気にはなれない。ごくりと唾を呑む。ゆっくりとスプーンで白い液を掬い、ゆっくりと口に近付け、口を開け、中に流し込む。隠し味の味がしないように願いながら、いつも食べているシチューを懸命に想像しながら、それでも怖いもの見たさに咀嚼して。

「おお、美味い」

何が入っているか知らなかったが、美味しかった。濃厚でクリーミーな舌触りに、ジャガイモの溶けかけた細かいものが舌の上に転がり、続いて人参の甘みがほんのりとするかと思ったら、鶏肉の旨みが引き立ってくる。それに隠し味であろうものが後味に広がる。濃厚なクリームをスッと引き締め爽やかなものに変えるこれは……。

「ミント」

「あっ、よくわかったね」

すごい発想だ。シチューにミントなど誰が思いつくだろう。ベースの味の完成度も確かなことながら、この隠し味によって新しい世界が広がっている。ママの味を思い出した。

私はすぐに一杯目を食べ終わり、二杯目のおかわりをする。美味い美味い。魔女だ。私の知っている魔女だ。そんなことを思いながら、ふと口にする。

「やはり、貴女は魔女ですね」

その瞬間。場が凍り付いた。その空気に気付き、少し後悔する。

「魔女」

少女が凍り付いた空気の中に言葉を落とす。

「貴方も、そう言うの」

少女は急に大人びた低い声で、黒い色の空気を吐き出す。

「いや、その魔女じゃ無くて。その」

取り繕おうにも、一言では説明できない。

「嫌い」

そう言って少女はあっと言う間にいなくなる。言葉を発することができない。少女が階段を上がる音だけが響いた。最後には、遠くに閉まるドアの音。

以前この魔女という言葉を口にしたとき、少女は呆けていた。しかし、村のことやら、行方不明者のことやら、事の顚末を辿ると、知らない訳がない。つまり、惚けていただけなのだ。そこから察せられるのは、この言葉がＮＧワードであるということ。琴線に触れるであろう不快な言葉に違いないのだ。

ii

「魔女ですよ」

おばあちゃんがゆっくりと口を開く。冷め切った空気を暖めるように。

「いや、その」

少女がおばあちゃんっ子であるというのはこれまでのやり取りでよくわかっていた。少女が惚けてただけなのも、おそらくおばあちゃんの前で、おばあちゃんには言って欲しくない言葉ということだったのだろう。

「何故魔女を探しに」

おばあちゃんは優しく問う。その優しさが痛々しくもひりひりと私を覆う。

「小説を書こうと思ってまして」

これ以上もこれ以下もない。とてもニュートラルで核心的な回答だと思う。

「そうですか。小説を。私の好きな人も、小説を書いていました」

おばあちゃんは静かに私を受け止めて。意外な話を切り出す。

「昔、好きな人がいたのです。彼は資産家で、大きな屋敷に住んでいて。私はそこに勤めるメイドでした。礼儀正しく、紳士的で、スラッとしてて、顔立ちも良くて。私は彼の身の回りの世話をするのが好きでした。喜んで貰おうと色々と片付けを工夫したり、執事まがいに彼の予定をまとめたり。そんな想いが伝わったのか、彼の性格からか、彼は私の名前を覚えてくれて、私を傍に置いてくれました。たくさんたくさん相談に乗りました。資産家というのはたくさんの責務を抱えており、学のない私は最初は上手く相談に乗れませんでした。だから、私はたくさん本を読みました。それでも、元々頭が良いわけではありませんでしたので、私にしかできないことを探しました。学を携えるのは難しい。でも、人を知ることくらいならできるはず。そうして、独学で心理学を学んだんです。そんな努力が功を奏して、私は彼の左腕になったのです。つまり、彼の使いにくい部分を補佐する役割を担ったのです。そんな折、彼の婚約の話が上がってきました。政略結婚です。これには彼はだいぶ悩みました。彼にとっては必要な相手。彼が資産家として生きていくには必要な過程。それでも彼は資産家であるというのが本当は嫌いでした。資産家であることを嫌がっていました。そうして、彼は私と駆け落ちしたんです。この家に」

おばあちゃんは淡々と語る。自らの過去を。何が起こり、どうしてこの家に住んでいるのかを。私の欲しいであろう情報を察しながら、的確に。

「私は嬉しかったぁ。私を選んでくれたことに。たくさんのものを失うはずなのに、私を選んだことに。それでも、失ったものは大きいのです。お金が無ければ簡単には生活できません。かといって、大っぴらに働くこともできません。そこで辿り着いたのが本でした。実は彼は元々読書が好きで、密かに本を一冊書いていたのです。それが、『愛する者の讃美歌』という作品でした」

『愛する者の讃美歌』。確かおばあちゃんの愛読書だと少女が言っていた。

「メイドと主人が駆け落ちする話です。そう、私たちの話。彼は私が思うよりもずっと前から私を見ていてくれたのですが、世の中の反応はそこまで芳しくありませんでした。持ち込めども持ち込めども、どこの出版社も刊行してくれません。決して悪い作品ではないのですが、きっと彼の家が関与したのでしょう。ほんの三ケ月、ちょうど生活が苦しくなった頃合いに、彼は連れ戻されてしまいました。小説の中では駆け落ちして幸せに暮らしていく二人として描かれましたが、現実は全く違う結末を迎えたのです。以降、私と彼が会うことは許されませんでした。それでも、彼はどうにかして私を支えようと、執事を密かに遣わし、私の生活を支えてくれています。ちょっと待って下さい」

そこまで語り終えて、おばあちゃんは立ち上がり、部屋を出る。壮絶な人生。そういう感想を持った。話としてはメイドと主人の禁断の恋。どこかの少女漫画などにありそうな設定だ。だが、これは現実に起こったことであり、おばあちゃんは今でも恋をしているのだろう。あの暖炉を見つめながら。

最初に会った時から、見た目の印象とは裏腹に若さを感じて違和感があったのを覚えている。恋の冷めやらぬ興奮をまだ身に纏っているからだろう。故に、それを失ったときのショックは計り知れなかっただろう。それもまた、おばあちゃんの様子から窺える。

「これが、本です。彼は、もうだいぶ前に病気で亡くなってしまったのですけど、遺言により数冊、本の形にできたんです。それを私に残してくれました」

おばあちゃんが戻ってきて、本を出す。『愛する者の讃美歌』だ。私は、おばあちゃんの手で丁寧に包まれたその本を、同じように包み込むように受け取る。表紙が温かかった。おばあちゃんが手に持っていた部分だけではない。全体が温かかった。

手に持った部分から、妙な痺れのようなものが駆け上がってくる。良作だ。作家としての勘である。見るまでもない、これは作家が自己を表した、愛の詰まった名作だ。

「読んでも、宜しいのですか」

作者と、おばあちゃんに対して最大の敬意を携えながら聞く。

「はい、是非読んで下さい。私はあの子のところへ行って機嫌を直してきますから」

おばあちゃんが話し終えるよりも先に、私は本を開いていた。一人の作家の魂を覗くために。今から書こうとしている自分の作品の参考とするために。

「ありがとうございます」

一ページ目のタイトルが見えた時に、おばあちゃんに一瞥をくれてお礼を言う。おばあちゃんは既に歩き出していた。

【或る日、あの時、あの場所に

貴女と私がおりました

風が木々を吹き抜けて

太陽が小さな家を照らします

その日、その時、その場所は

私にとっての宝物

吹き抜けて行く僅かな日々に
生きる輝き感じていました】

総扉を捲り、冒頭に一つの詩があった。間違いがない、彼がおばあちゃんに渡したかった言葉、遺言だ。おそらく、出版社に持ち込むときにはなかったであろう追加分だ。話の結末も当初のものとは少し違っているかもしれない。胸の奥の鐘が響いていくのがわかる。一人の人の人生が物語となった小説。私小説。登場人物は一人の金持ちと、いずれ魔女と呼ばれるようになった女性。魔女になるに至った背景。そう、魔女。魔女だ。魔法使い。魔法とは想像のできない現実なのだ。想像もできない出来事の本質を人が勝手に魔法と言っているだけなのだ。壮絶な人生を纏った人物は、一般の人の想像を超える存在になる。つまりはそれが、魔法使いであり魔女なのだ。その実態がわかりさえすれば、もうその人々はただの人。かくして魔女は純粋なる乙女へと還元されてゆくのだ。

いつの間にか、日が落ちていた。物語を読み終え、天を仰ぐ。物語の終焉は彼の病死で締めくくられていた。お婆ちゃんの話によると初稿版は二人で幸せになるという形で終わっていたようだが、こちらは来世での再会に希望を残しての終焉であった。物語の後半たる二人が別れてからの話は、非常に現実味が強く前半のそれとはだいぶ違う印象を受ける。内面の変化に伴う文体の変化とでも言おうか。非常に味があった。

いや、それはそれとして。どうやら、ここで飼っている鷲は彼の家が密かに買い取っているとのことだ。ようは直接的には関係を持てないため、間接的に支援できる形を取ったということである。貯蓄電気の設置や内装の修繕なども彼が手を回しているそうだ。彼の親が亡くなって、おばあちゃんとの再会が期待された頃には彼は病気で重体になっており、結果的に再会には至らなかった。また、彼の家ではおばあちゃんの存在は疎まれているため、遺言で鷲を買い続けることしか自分が亡くなった後は支援できない旨（これが可能な理由は鷲を使った事業展開が既になされているからだ）が書いてあった。

「小説家さん。あの子と服を取りに行ってくれませんか」

急に現実に引き戻されたため、一瞬世界がぐにゃぐにゃになる。自分の居場所がわからなくなって、今いる場所を確かめる。そうだ、私は今純粋なる乙女のいる家にいるのだ。キッチンの出入り口には、乙女が、おばあちゃんが立っていた。

「今、そこにいるので」

たしか、少女と喧嘩をした仲立ちをしていてくれたのだ。服を取りに行く。ああそうか、昨日ダイビングスーツのままだったから。もう夜か。なるほど、一人では行けないか。妙案だ。

「はい」

私は懐中電灯だけを持って、少女の待つ玄関へと向かった。


喧嘩しているのは変わりがない。しゃべり出すきっかけがわからなかった。おばあちゃんがある程度は言ってくれているだろうが、どこまで機嫌が直っているのかはわからない。少なくとも、すっきり許してくれているようには見えない。はて、何が原因だったか。そんなに時間は経っていないと思うが、昼が何日も前のことのように思える。ああ、そうだ。魔女と言ってしまったのだ。無実なるおばあちゃんに。

「すまない。おばあちゃんは魔女なんかではないね」

許してもらうために取り繕って言っているわけではない。これに関しては心からの謝罪としてしっかり伝えたい。

「うん」

少女の返事はどちらともつかないものだった。だが、まあすごく怒っているというわけではなさそうだ。

「読んだよ。小説」

今度は少女から話しかけてくる。ああ、そう言えば私の書いた小説を渡したのだった。

「どうだった」

それとなしに聞いてみる。

「面白かったよ。風が主人公ってのが独特だった」

題は『風がなく頃』という作品で、このなくには、鳴く、無く、泣く、啼くと様々な意味を掛けている。またそれぞれを副題とした短編を基に構成し、最終章である〈風が亡く〉で終焉する話になっている。

「風ってとりとめがないけど、作品を通して風を近くに感じられた。触ることができない風。感じることはできる風。見ることはできない風。匂うことはできる風。風は違う次元で私たちと共に生きている。あのくだりが好き」

少女が少しにこやかに話す。少し、胸が落ち着いた。

「私も読んだよ。『愛する者の讃美歌』」

一瞬風が止まる。

「うん」

そして、風が動き出す。

「私はね。魔女を探しに来てるんだよ」

そしてまた、止まる。今度はピタッと。

「魔女と言っても、メルヘンなファンタジックな魔法を使う人じゃない。もっと現実的な魔女さ。何ていうか、私の母みたいな人かな」

風が緩やかに流れ始める。

「お母さんは、魔女なの」

私は少し風を暖めるようにする。

「ああ、私が会った初めての魔女」

暖かな風が少女を包み始めた。

「なんでも叶えてくれる魔法使い。世の中の人は魔女を誤解しているのさ。魔女とはこういう人なんだって、小説に起こしたくてね」

「そっか」

少女が起こす風も、だいぶ暖かなものになってきた。

「そういえば、君は家出しているんだっけ」

今なら聞けるのではないか。そんな気がして、すっと聞いてみる。

「えっ」

少女の周りの風があっちこっちに惑い始める。

「いや、魔女の調査をしているついでに色々と聞いたよ。ご両親が亡くなったんだよね」

暖かくなり上昇していた風が下降し始めた。

「心中察するよ。辛かったろうね。でも、元々いた親御さんとも上手くいってなかったんだろう」

風の変化に気付かぬ私は、無造作に言葉をまき散らかす。風は散らかる言葉と共にあっちにこっちに飛び回る。

「ももちゃんって言うんだね。名前」

そう言いながら、少女の様子をやっと窺う。

風が鋭くなっていた。ふいと、少女が走り出す。すると、少女の周りを飛び回っていた風が続いていく。私はその風を感じ、後悔した。あの風を振り払わなければ。急いで少女を追う。

そこは崖だった。森よりも強く風を感じる場所。森よりも広く夜を感じる場所。森よりも幾分か照らされた場所。少女は夜の地平を見つめている。道中、たくさんの風を身に受ける。怒っているような、泣いているような、裏切られたような、失望したような、憤りが風になっていた。

「ごめん。ももちゃん」

追いつくので、見失わないのでいっぱいいっぱいだった。地理を知っているかどうかもあるだろう。暗がりの移動もあるだろう。少女が立ち止まってくれてよかった。

「その名前で呼ばないで」

少女は顔を地平に向けたまま。強く鋭く言葉を放つ。その言葉を風が勢いよく運んできた。私はそれに圧せられて、前に行く歩が止まる。

「すまない」

弱々しくもしっかりと、相手に届くように言葉を漏らす。

「魔女はいるよ」

少女が次に発した言葉は低く、冷たく、重い風となって流れてくる。

「おばあちゃんが言ってた。強く強くイメージすること。強く強くイメージすれば、なんだってできるんだって」

とても暗い力がある。夜にぴったりな力だ。月の輝くあの幻想的な夜空の下にふさわしい。比較的明るい声色。でも、どこか得体の知れない魔性の言の葉。風が啼く。

「どうして、私が高い所が怖くて、暗い所が怖いか知ってる」

見当もつかない。そういう性質、ではないということか。私は魔に取りつかれたかのように無意識に少女の方へと歩く。

「どうして魔法が使えるのか知ってる」

この子もまた、魔女だというのか。この子が魔女と言われる所以。この黒い瞳の中にある人生は一体どういったものなのだろう。

「宿題ね」

少女は笑顔で、ことさらに明るくそう言った。月の光を受けた顔ならば、その瞳の奥を覗くことができるかもしれない。地平を見つめたままの少女を覗き込む。その瞬間、夜空が見えた。星々が、月が輝いている。どんなに輝いていても暗いというのに輝いている。そうしてそれが急速に離れていくのがわかった。風が吹き荒んでいる。

私は静かに目を閉じた。私は何を見ていたのだろう。何を見るべきだったのだろう。

今、願うのは真実の姿。真実の探求。夜という暗い世界を飛び回り、感じえるもの。

そんな願いが通じたのか。私の身体は鳥となり、夜の森のその上を、夜空の下のその世界を飛び回っていた。

四　うるわしの少女

虚構なる現実。魔女とはそういう存在だと思っていた。嘘っぽい存在なんて言うこともできるかもしれない。仮に目の前に魔女ですよって老婆を連れてこられて、ただ見ただけで魔女だと信じる人はいない。その力を目の当たりにしなければ、感じなければその人はただの人なのだ。では、どうして魔女という噂が起こるのだろう。古くには魔女狩りとしてたくさんの人が殺された経緯もある。確かに魔女だとされ、その人たちは殺されたのだ。国家の陰謀にしては少々規模が大きすぎはしないか。つまりは、その力を目の当たりにした、感じた人がたくさんいたということではないのか。そういうことなのかもしれない。いや、そうなのだろう。メルヘンやファンタジーにいる魔女たちは、確かに現実にもいるのだ。そこに確かな経緯をもって。魔女になり得る素質を携えて。

私は鷲になっていた。こうして鷲になると様々なことがわかる。例えば、何故少女たちは『鷲』を飼っていたのか。何故、あんなにも調教されていたのか。また、どうしてたくさんの行方不明者がいたのか。その真相は。今こうして現実に魔法に曝されてやっと、全容が見えてきた。見えてきたが、今の私には何をすることもできない。しゃべることも、書くことも、抱きしめることも。そういうことがときと共に実感されてくる。大声で鳴いた、全力で飛び回った。涙を流すことすらできない。

人でなし。そう言われた気がした。きっと、そういう意味で動物に変えているのだろう。では、なぜ鷲か。鷲とは鷹の大きいものを指す言葉だ。空の王者、時にそう言われることもある。空の王者、空を制するもの、空を支配するもの。この空を理解すればよいのだろうか。

「どうして、私が高い所が怖くて、暗い所が怖いか知ってる」

確か、そんなことを言っていた気がする。高い、暗い、空。この夜空がヒントなのだろうか。眼下に潜むのは、光の届かない魔女の森。眼上に広がるのは輝くも暗い空。私は今、夜空にいる。夜空を感じていられる。森の中とは違うもの。一体なんなのだろう。

「おばあちゃんが言ってた。強く強くイメージすること。強く強くイメージすれば、なんだってできるんだって」

おばあちゃんが魔女になった理由。それは悲恋によるものだった。彼女は強く強く願ったのだ。彼との生活を、彼との幸せを。故に、引き裂かれた事実に当惑し、悲しみ、憎悪し、その力が魔を作り出すに至ったのだろう。

いや、おかしい。おばあちゃんは魔女だ。願ったのであれば、手に入ったはず。魔法の力には限界があるのか。あるいは最大の願望が手に入らない代わりに補完するように得た能力なのか。ちょうど、右手を失った人の左手が器用になるように。そういう部分もあるかもしれない。

だが、腑に落ちない。おばあちゃんの人生。『愛する者の讃美歌』。あれは、彼の思いが詰まった作品。では、おばあちゃんは。おばあちゃんが感じていたものは何なのか。

例えば、願い事は全部叶うものだとする。そうするとおばあちゃんは当初彼と二人で静かに暮らしたいことを望んだことになる。そこは平易に解釈できよう。でも、引き裂かれた。別れた。では、別れることも望んでいたとするならば、彼と過ごした数ケ月で何かが変わったということだ。そうまるで新婚さんの離婚のように。嫌いになった訳では無かろう。

おそらくだが、おばあちゃんは勘付いたのだ。自分と一緒にいても彼が幸せになれないと。彼は資産家であり、たくさんの人の生活を支え、関与してきた。時にそこに責務を感じ嫌になることもあっただろう。だが、その本質は、受け入れていたのだ。自分の境遇を。真っ向から取り組んでいたのだ。「た」を支えることを。そこにはきっと拒絶を通り越した生き甲斐があったのだ。おそらく。そして、二人で暮らし始めたそのときに、彼は自分の世界に閉じこもってしまった。輝きを失ってしまったのだ。

『愛する者の讃美歌』の初稿が受け入れられなかったのはそういう部分かもしれない。自分の殻に閉じこもった小説はしばしば意味のないエッセイと評価され、プロの業物ではなくアマチュアの自己満に分類されがちだ。自己満の作品から窺い知れるのは、作品の内容ではなくその書き手のみだ。世界が開けていない。

似た者同士はよく集まると言う。似た特性を持った人はいつの間にか出会い、共に旅するのだ。人生を。最も近しいその人が運命の人として人生のパートナーとして共に生きる。その近しさ故に、相手の良いところと悪いところ、得意なところと足りないところ。そういうのが全部わかる。

おばあちゃんは、彼の伴侶として足りなくなったところを埋めたかったのだ。そして、もしかしたらそれは、彼自身も潜在的に望んでいたことなのかもしれない。その証拠に、たまには会えたであろう日々に会っていない。心だけを強く繋げ、彼とおばあちゃんは離れ離れに生きたのだ。

似た者同士はよく集まると言う。おばあちゃんと少女は出会い、惹き合った。その意味はどんなものなのだろう。

私はいつの間にか、鷲小屋にいた。少々飛ぶのが疲れたのだ。休む場所を他に知らなかった。どうやら少女はまだ帰っていない。鷲小屋に開いた窓からは直接的に少女の部屋が見える。窓の奥に見えるのは暗い空間が二重三重に凝縮されている箱だ。ブラックボックス。得体の知れない黒い塊。少女はどこなのだろう。

空を飛ぶ。森を見渡す。何も見えない。空を見る。星が輝く。何故だと疑問に思う。変だと自分を思う。

ああ、思考がおかしくなってくる。鷲になって身体が馴染んできたのか。少し、頭がボーッとしてきた。

少女は虐待されていた。少女は両親を失った。少女は優しい養父母に出会った。少女は家出した。少女はおばあちゃんと出会った。

「その名前で呼ばないで」

強い嫌悪感で刺された。ももという名前が嫌いなのだろう。どうしてか。虐待してきた親がつけた名前だからか。普通ならそう思う。でもきっと違うのだろう。少女の心根が一般に理解できるものならば、養父母に解されて普通に生活できたであろう。家出するには至らない。生き辛さがそこにあったのだ。生き辛さが。

虐待されて、親が死んで、優しくされて、ももと呼ばれて。優しさとは時に残酷なナイフとなり得る。乙女は神に優しくされ、二人は結果離れ離れになってしまった。優しさが二人を引き裂いたのだ。優しくされなければ、傍にいることができただろうに。

同情が生き辛かった原因なのかもしない。同情されたくなかった、少女は。その如何はわからない。

ああ、ヴぁあ。

思考が重くなる。鈍くなる。何故だ。少女は考えさせる時間としてこの身体を私に与えたのではないか。宿題と言っていた。考えろと言うことではないのか。

風が鳴く

ヒューヒュー

風を切る

ヒューヒュー

風に乗る

ヒュー——
風が止む
風を身近に感じる。
自然を身近に感じる。
魔法を身近に感じる。
少女を身近に感じる。
魔法と共に少女の想いが身に纏わりついた。
複雑で、重くて、暗くて。
そんな思いが皮膚をなぞる。
凄く身近に感じられるのに。
言葉にできない不思議な迷宮。
知りたいと思った。
人間に戻りたいからではない。
宿題を出されたからではない。
寂しいだろうから。
孤独だろうから。

それはわかるから。

おばあちゃんはきっと、良き理解者だった。だが、真の意味での救済はおばあちゃんでは少女に与えられないのだ。自らもまた救済されていないから。できるのは共存だけ。存在する方法。存在してもいいということ。認めること。夜空にも輝きがあるということ。待っているのだ。世界を突き破って引っ張っていってくれる人を。私はそれに気付いた。気付けた。だから、だから。

親というのはどういうものなのだろう。虐待されても中々離れる気になれないものだ。不思議と強い繋がりがある。虐待とはその強い繋がりが悪い方に作用する典型なのだろうが、その繋がりの根源は何処にあるのか。

母を思い出す。父は知らない。父の話はあまりしたことがない。故に私にとってはただの言葉でしかない。ただ、そこに不足は感じなかった。母がいたから。母は何でも創り出した。私の欲しいものは全て。愛も孤独も繋がりも。全て、全て。悲しみもくれた。十歳のときに。深く深い悲しみを。喪失するという虚無感を。私もまた、養父母に育てられた。養父母は優しかった。私はそれが嬉しかった。嬉しかったが、何も埋まらなかった。埋めることができたのは十年の間の思い出たち。私が小説に没頭した理由。私もまた、魔法使いになれた。足りないものを補完するようにそれは力となって私を支えた。魔法とは自らを支えるものなのだ。支えているものなのだ。

私の処女作は『風のなく頃』。私は私の中に吹く風を書いたのだ。それに養父母への感謝を込めて。風は無く、風は鳴き、風は泣き、風は啼き、風は哭いた。そうして風は亡くなったのだ。いや、亡くなってなどいない。亡くしたのは物語に帰結を生むためだ。私は嘘をついたことになる。大好きな小説において嘘をついてしまった。私はそれが嫌だった。だから、大賞を取ったところで嬉しくなんかなかったのだ。どうせ取るなら真実の姿で取りたい。真実の姿を晒したい。真実のままに。

似た者同士はよく惹き合うという。少女と私は惹き合った。片や真実を描くために、片や自分を克服するために。少女は高所恐怖症であり、暗所恐怖症なのだ。それを克服したいと言っていた。克服しようと取り組んでいた。

高い所が怖いというのはどんな風の趣か、暗い所が怖いというのはどんな風の趣か。ももという名が嫌だというのはどんな風が吹き荒むのか。

少女は私を鷲にした。空の王者だ。高い所を制するものだ。少女は森に住んでいる。暗い暗い森の中だ。少女は名前を嫌がっている。先入観から、偏見からは少女を窺い知ることはできない。

ああ、そうか。だから鷲なのか。

動物は本能のみで生きている。いや、少し語弊はあるが、色々と思い悩むことはしない。外からの刺激に対して素直に返すのが基本だ。ありのままを受け入れて、ありのままに生きている。いくら悩んでも、考えても、その人を知りえることなどできないのだ。ありのままを受け入れて、自然に話せばいいだけなのだ。勝手に想像して勝手に託けても、それはただ迷惑な話だ。名前というのはそういう勝手な部分がある。ありのままに受け入れることを阻害する。そんなイメージを伴っている。

ももという存在は、虐待され、交通事故で両親を亡くして、養父母に育てられた悲劇のヒロイン。いつの間にやらそうなっていた。その言葉の奥にある、裏にある。肯定的な少女を捉えることができない。少女はきっと非常に明朗で快活で、純粋なのだ。いや、もう考えまい。もう一度少女に会おう。会いたい。もう一度話したい。笑い合いたい。ありのままを見つめてみたい。

風を起こす。

ヒュー――。

何処にいるのか。家ではなかった。未だに崖か。いや、いない。他にいるとしたら……滝か。そこくらいしか思いつかない。命の水が激しく流れ出るあの場所だ。勢いよく流れ出るその水は一瞬世界を飛び出して、新たな世界で流れ出す。私と少女が出会った場所。

きっと、そこにいるはずだ。

少女はいた。滝壺に、全身を潤わせて。月と星々が少女を照らして。潤わしく、麗しく佇んでいた。少女は鷺を売っている。売る鷺の少女。

少女は滝を見上げていた。ぼんやりと、ぼんやりと。私は声を掛けようとした。だが、声は出ない。出るのは鳴き声だけだ。そんなものは滝に潰されてしまう。私は少女の周りを飛び回って見せた。しかし、少女はぼんやりしたままだ。

ここにきて、私は悲しんだ。自分が鷺になったことに。なってしまったことに。何もできない。何も伝えられない。抱きしめることも。

イカロスの翼という話がある。彼は世界を変えようとした。世界から飛び出ることで。幾ばくか傲慢になっていたのが災いしたのか。彼は飛び出ることはできなかった。傲慢はさておき、その勇気は一級品だ。落ちることはわかっていたはずなのだから。

私が今、翼を得てできることは世界から飛び出すことだろう。

いや、飛び出すことをしなければならない。この大きな翼と、鋭いくちばしで空を覆う膜を打ち破ろう。さあ月よ、星々よ。膜を破って見せるから、その光を存分に届けておくれ。少女に。あのうるわしの少女に。

私は滝と平行に空へと駆け上がる。ぐんぐん、ぐんぐん突き進む。イカロスは太陽の熱にその蠟の翼が溶かされたらしい。だが今は夜だ。熱などには負けまい。

ぐんぐん、ぐんぐん突き進む。

幾分か空気が薄くなってきた。それと共に冷気が纏わりついてくる。昼は熱だが、夜は冷気なのだろうか。

ぐんぐん、ぐんぐん突き進む。

酸素が無い。身体が寒い。翼が上手く動かせない。あの膜までは後いかほどか。あの膜を破るまでは、進まねば。

ぐんぐん、ぐんぐん、ぐん

何かにぶつかった。くちばしの先に弾力性のある何かに。私の鋭いくちばしはきちんとそれを突けただろうか。弾き返される様に私は落ちてゆく。翼は動かない。息もできない。もう、何ももがけない。暗い世界が眼下に拡がり、その闇の中に吸い込まれていく。

ああ、そう言えば、そうして私は鷲になったのだった。ふと、そんなことを思いながら凍り付いた身体は落ちてゆく。なるほど、高い所はとても怖いものなのだな。暗い所はとても怖いものなのだな。動かせない、もがけない、為す術がないこの状況。なんと、途方のないことか。心が無になる。身体は強張る。もう、いい。どうにでもなれ。ただ一つ願いたい。強く強く願いたい。うるわしの少女。もう一度貴女と話したい。

ズバーン。

噴き出る滝にぶちあたり、滝と共に流れていく。衝撃で身体が粉々になったようだった。水の中では様々なものが見えた。粉々になった身体の隅々を様々なものが包み込む。泣いて、笑って、怒って、怯えて、いつの間にか身体は温かくなっていた。

「大丈夫ですか」

少女が声を掛けてくる。身体が重い。濡れている。背中が、頭が温かい。少女が私を抱えている。

「うん」

言葉が出た。ぼんやりとしていた思考がはっきりとする。言葉が出た。人だ、人になった。意識を身体の方にゆっくり向ける。手がある、腹がある、足がある、動く。

「初めまして」

少女が微笑みながらそう言ってくる。話しましょうって言われた気がした。

「初めまして」

私は身体を起こし、少女に向き直ってそう応える。少女もまた濡れていた。

「何からお話ししましょうか」

いくらか微笑みが増して少女の言葉が活き活きしてくる。

「では、どうして家出をしたんですか」

私は一緒に微笑みながら、そんなことを聞いてみる。

「辛かったから、あの人たちの優しさが。息苦しかった」

少女はヘロリとそう言った。

「そっか。私も昔はそう思うこともあった。私も孤児になったからね。でも、私はそれでも感謝したよ」

私もヘロリとそう言う。

「う〜ん。だって。嬉しくない」

少女は顔を伏せながら、考え込む。

「嬉しくないけど。嬉しいだろ。いや、有り難いことさ」

私は少女の目を、しっかり見るようにしながら言う。少女はそんな私の目を見て、また下を向く。

「まあ、そうなんだけど」

少女はやはり少女だ。なんだか可愛らしい。十七歳というが、心はまだ純だ。その純は輝かしいものでもあり、危ういものでもある。

「連れ戻しに来たとき、どうしたの」

捜索隊やら何やらが捜しにたくさん来たはずだ。全員行方不明ということだが、どうしたものか。

「鶩に変えちゃったよ。でも、大丈夫。もう戻ってるよ。わたしのことは忘れてると思うけど」

なるほど、そういうからくりか。まあ、そう聞いて安心する。少なくとも人殺しではない。

「なるほどね。虐待もされてたんだっけ、そう言えば。そう聞いたんだけど。辛かった」

もう一つの疑問を聞いてみる。

「辛かったかなぁ。よくわからない。嬉しくなかったというか、面白くなかったというか。あんまり食べ物作ってくれなかったり、学校に行ったりするの、全然関係ない感じだった。忙しかったから。しょうがないのかなって。優しいときもいっぱいあったし。イライラしてるときもあったけど、なんか不器用なんだなって」

少女の中ではまだ整理がついていないことのようだ。傍から言わせれば、ひどい親だが。傍から見るほどに少女は嫌悪感を持っていない。

「お母さんたちが死んだとき。凄く悲しかった。もっと一緒にいたかった。愛し合いたかった。なんか、やるせなかった」

嫌悪感だけが先立っていれば、一緒にいたいとは思わなかったろう。おそらく彼女ら親子は時間が無かったのだ。過ごした時間が、経っている時間に比べて少なすぎたのだ。……おそらく、か。

「もっと、一緒にいたかったんだね。私もそうだった」

自分と重ねてみる。いや、重なる部分がある。なんだかんだで似た者同士だ。

「私も母を早くに亡くしてね」

「魔女のお母さん」

「そう、魔女のお母さん。父のことは知らない。生まれたときからね。だから、お母さんとずっと一緒にいた。でも、そのお母さんもいなくなってしまった。もっと、一緒にいたかったよ」

自分をありのままに語るというのは、どこか恥ずかしいものだなと思う。私は小説を書いているので、自己を表現することが多いのだが。こう、直接的に語ることは少ない。世間一般の美意識の問題なのだろうが、ありのままというのは美しくないのだとか。

「一緒にいたいよね」

少女と私で違うところは、少女は適切な愛情を求めんがためにもっと一緒にいたかったのであり、私は単により長く愛情を感じていたかったというものである。まあ、全部が全部同じというわけでもあるまい。

「帰ろっか」

身体が濡れているというのもあって、だいぶ肌寒さを感じ始める。このままだと、二人とも風邪を引く。

「そう言えば、服は回収できた」

そうだ、そもそも服を取りに来たのだと思い出す。

「うん。私は着替えある」

と、同時に崖から落とされたのも、鷲にされたのも思い出す。いつの間にか、滝にいる。やはり魔法なのだよな、と改めて思う。

「私だけ損してないか」

そんな言葉を投げかける。と、少女は笑い出した。

「気のせい気のせい」

イラッとするよりも笑いの方が先行する。もう、笑い話だ。

「早く風呂に入りたい」

と、歩き出す。散々飛び回っていたから、もう道はわかる。

「うん、二人で入ろーー」

リズミカルに少女がしゃべり出し、

「一人で入る」

スパッと少女の発言を切る。そりゃまあ、男にとっては夢のようなことなのだが、なんというかゆっくり入りたいのだ。ゆっくりできない。

「なんでぇ。もう裸同士で語り合った仲じゃん」

それは同性に使う言葉ではなかろうか。どこまでが本気なのか、疑わしい。うん、疑わしい。疑わしいか。いや、待て、これも、か。

「誘ってるのか」

言いながら目を伏せる。もう私を殺してくれ。いや、もう殺されている気がする。

悩殺とはこのようなときに使うのか。

「さっきから誘ってるよ」

いや、馬鹿。そう意味ではない。ああ、もう何故言わせるのだ。

「そうじゃなくてだから、その、男と女という性別の違いをわかって誘ってるのか。仮にも君ももうそろそろいい大人だろう」

こんなにも言葉を発するのに疲れることがあろうか。あまり妄そ、想像すると鼻血が出そうになる。テレパシーでも使えないものか。

「関係ないじゃん」

関係あるよ。

「そんなにやなの」

嫌じゃないけど嫌だ。

「じゃあ、お風呂じゃなくて、一緒に寝よっか」

ど、ど、ど、ど阿呆。

「どう」

どうじゃない。どうじゃないだろう。い、一緒に寝るだ。一体どれほどの意味を持ってこやつは口にしているんだ。どれほどのーー。どれほどの……。はぁ。

「わかった。隣で寝るだけな」

何か凄く負けた気がする。だがもう疲れた。彼女の好きにさせよう。いつか必ず仕返ししてやるからな。と言いつつ、思い浮かべたのは風呂を誘い返すということだったが、効果はなさそうだ。私はこれからずっと、少女に翻弄されていくような気がする。

森の道がさほど暗く無く感じるのは何故だろうか。少女も私も懐中電灯を持っているから。いや、そんな陳腐な理由ではあるまい。月と、星々の光が地面までしっかり届いてきているのだ。少しばかし枝葉が開けているのだろう。

隣で歩く少女は屈託なく笑っている。その顔を見ると王様になったような気分になる。この国の繁栄は私の手によるものだ。私の手でこの繁栄を守ってゆきたい。この国を大きくしてゆきたい。

「そう言えば、暗い所はもう大丈夫」

宿題が他にもあったのを思い出す。

「うん、もうそこまで暗く感じないから」

少女は胸の奥から清々しい風を吹き起こす。森の匂いが立ち込めるようだった。

「高い所は」

「大丈夫だよ。もう下じゃなくて、前を見ればいいから」

ぐわんと胸の前から一歩、少女が大きく進んだように見えた。崖だと思ったその先は、地平の彼方へ続く道だったようだ。

「そっか」

真っ暗な木、真っ暗な道。その先を見つめると、暗闇に飲み込まれそうになる。そんな森もいつの間にか色味を帯びていた。木の幹の茶色、木の葉の緑、砂利の灰色。薄暗い中にもその色彩がわかる。なんだ、案外と普通の森ではないか。

家が見えた。純粋なる乙女が住む家だ。私は乙女ではないが。戻ってきたという気分になった。一緒に住めるだろうか。ふと、隣の少女を見る。少女も何故か私を見ていた。ドクン。鼓動が森に響き渡った。

涙ぐましき潤わしの少女
容姿端麗な麗しの少女
鸞を売っている売る鸞の少女
純粋無垢なうるわしの少女

風がなびく
穏やかになびく
豊かになびく
鷲が空を舞っている
夜の明かりに照らされて
輝きを全身に纏わせて

ああ、心地良い
綺麗だな
自由に、優雅に、羽ばたいている。

晩　つきのワルツ

一　ツキ尽きる

真っ白い。空が真っ白い。僕に見える空は真っ白い。よく見れば、右も左も真っ白い。僕は今、真っ白い世界に居る。

昨日は雪が降っていた。子供のときは雪が好きだった。何か特別な物が空から降ってきて積もる。降り積もった物を丸めたり、投げたり、ドーム状にしたり。雪は天からの変幻自在な贈り物のようなものだった。

それも、大人になるとそれほどの嬉しさは残っていなかった。交通機関が混乱するからだ。自転車は転ぶので使えない、電車は利用者大殺到でダイヤが乱れまくり、車も低速必須で渋滞気味。もちろんバイクも危険極まりない乗り物と化す。視界も悪いし最悪だ。雪の日に乗るのは是非避けて欲しい。一番事故に繋がる危険性のある凶器なのだから。

自分のお腹を見る。白い雪のようなものに覆われていた。それは体が冷えぬように掛けるものなのだが、雪のように冷たく感じる。覆われた奥にあるお腹も白いのを知っている。ぐるぐると包帯に固められているのだ。幾ばくか疼く。蛆でも這っているのだろうか。まるで腐った肉の塊。ミイラだなと思う。もう一度天井を見る。白いけど、白いものは降ってこない、か、ここなら。

「こんにちは」

いつの間にか人が隣に立っていた。黒い人だ。黒いフードを被っている。いつの間に入ってきたのだろう。若い女性の声だ。何しに来たのか。

「私は、しがない占い師をやっております」

占い。正直興味が無い。と、いうより何なのだ、この人は。人が休んでいるところに勝手に入ってきて。いや、まあいいか。特にすることもないし。

「はい」

「貴方は死の運命に巻き込まれてしまったようです」

死の運命。ああ、思い当たる節はある。そういうものなのかな。よくわからないけど。運命とかそういうので説明できることなんだ。

「お気の毒に」

お気の毒って、わざわざそれを言いに来たの。意味がわからない。何がしたいの。

「ただ、貴方は死ななかった」

「それで」

ついと、言葉が出た。力なしに、雪のように冷たく、しっとりと。

「貴方は死ななかった代わりに大切なものを失いましたね」

答えたくないと思った。あまりにも一方的すぎる。

「それで」

もう帰ってくれと半ば思いながら、占い師とは別の方、ちょうど窓のある辺りに目をやる。

「不公平だと思いませんか。巻き込まれただけなのに」

知ったことか。何を言ってももう戻りやしない。

「それで」

「貴方には。復讐の権利が与えられています」

「復讐」

さっきから意味のわからないことを言う。復讐。これは事故なのだ。恨んでも仕方がない。そんなものには興味はない。

「貴方を轢いた相手はまもなくこちらへ来ます。彼は、自分が受けるはずだった不幸を貴方に押し付け、貴方が受けるであったであろう幸福を受けました。理不尽じゃありませんか」

　事故をきっかけに運勢がひっくり返ったということか。まあ、もしそれが本当なら、確かに理不尽だ。

「これから彼と話すにあたって、貴方は彼に運勢を返し、運勢を奪い返すことができます」

　この女は何を生真面目に奇天烈なことを言っているのだろう。頭がおかしいんじゃないか。

「大丈夫です。だからと言って、彼が死ぬ訳ではありませんから。彼もまた、選択できるのです。私を選ぶか、彼女を選ぶか。生きるか、死ぬか」

　なんだ、ただのメンヘラか。痴情のもつれに巻き込まれてしまったのか。ちょうど、死の運命とやらに巻き込まれたように。まあ、そういうことならお返しした方がよいのだろう。これ以上構って欲しくない。

「で、どうすればいいの」

「簡単です。今いる婚約者とではなく、私と結婚することを贖罪の条件に出してくれればいいのです。後は彼次第です」

　贖罪ね。もともと責めるつもりなどないのだけど。あれは事故。天候が悪かっただけ。そう思ってないと、頭が狂いそうになるから。

「では、私は彼が生きられるように。先に会って、その方法を伝えます。貴方の言うことを聞くようにと」

女というのは面倒臭い生きものだ。何故人を巻き込むのか。何故自分でどうこうできないのか。心底嫌になる。

「では」

黒い女はそう言って部屋を出て行った。静寂が戻る。僕は深呼吸をした。白い部屋の空気を取り入れ、黒く濁った物を吐き出すために。

「こんにちは」

ほどなくして、本当に彼がやってくる。黒いスーツを着ていた。こいつも黒い。早く、帰ってくれないものか。

「こんにちは」

とりあえず、挨拶はする。

「その節は、誠に申し訳ありませんでした。少し聞いたのですが、脊椎を傷つけてしまったとか」

脊椎を傷つけた。そう、傷ついた。傷ついて、右足が思うように動かなくなった。

彼の口からそれを聞いたとき、抑えていたものが爆発しそうになる。まるで、自分の中で噴火が起こっているみたいだ。熱い激しいものが噴き出している。僕は、それが外に出ぬように、身を屈めた。そのとき、うぅっと声が漏れる。

「大丈夫ですか」

彼が心配をして、僕の背中に手を回し、介抱しようとする。僕はそれを振り除けた。

「大丈夫です。なにもかも。帰って下さい」

僕はそう言いながら彼を睨み付け、息を整える。

「すみません。何をしたら良いのやら」

何をしたら良いのやら。何もしなくていいと、言いそうになったとき、占い師の言葉を思い出す。

「では、今している婚約を破棄して下さい」

本当は言うつもりなどなかったが、魔が差した。早く、この空間を白に染め直したかった。

「それは」

彼は言い淀む。その困惑した表情を見られただけで十分だ。占い師も、言えばそれでいいと言っていた。後は彼が選択することだと。頼みごとの責務は果たせたことと思う。

「それだけは、すみません」

断った。ということは彼は死を選んだと言うことなのだろうか。まあ、占いなど当てになるものじゃない。それが正しいと思う。婚約者がどういった人かは知らないが、あのメンヘラよりはだいぶましだろうし。

「冗談ですよ」

笑いこそしなかったが、きつくも言わなかった。それでも、彼はだいぶ安堵したらしい。詰まっていた息を吐いている。

「もういいですから、帰って下さい」

淡々と、淡々と言った。目線も窓の方に向ける。どうせいずれ警察署かどこかでまた会うのだ。今どうこう話さなくていいだろう。

「わかりました。ありがとうございます」

察してくれたか、彼は素直に引き下がる。彼が出て行った。僕はまた深呼吸をする。やっと一人になれた。そんなに長い時間は経っていなかったが、今は異質なものに触れたくない。この白い世界に身を委ねていたかった。

ふと、外の景色が気になった。昨日の夕方にはもう止んでいたが、そのときにはだいぶ積もっていた。もしかしたら、外もこの白い部屋と同じくらい白い世界になっているかもしれない。そう思って、看護師さんを呼ぶ。

看護師さんは白い。その白い姿で手慣れたように僕を車いすに乗せる。だいぶ、痛んだが平気な顔をして誤魔化す。窓辺まで行き、少し窓を開ける。外の空気が入ってきた。ひんやりしている。予想通りまだ雪が残っている。そこそこ白い世界が広がっている。

そんな白い世界だからか、見たことある人影だからか、黒い塊が視線を留める。フードを被った黒い塊が、病院の入り口付近に向かって佇んでいる。何をしているのだろうと思っているうちに、もう一つの黒い塊が外へと歩いてきた。彼だ。二人は幾ばくか話している。

「また君か」

「迎えに来ました」

「私は占いを信じないことにしたよ。君ともこれきりだ。忠告はありがたく受け取っておく」

「占いは当たります。貴方と私は運命で繋がれているのです。それを無理に引きはがそうとしたら、事故では済まされませんよ。ただでさえ、ルールを守れなかったのでしょ」

「私はもう死んだ。そして生まれ変わった。だから確かに貴女の占いは当たったよ。でも、生まれたての赤ん坊に運命を押し付けるのは少々酷ではないかい」

「いいえ、死ぬというのはそんなことではないですよ。占いは嘘をつかないのです。特に私の占いは。私は貴方を死なせたくない。生きていなければ幸せなど無いのですよ」

「朝に道を聞かば、夕べに死すとも可なり。生まれ変わった私は、もう占いに翻弄されないと決めたのです。色々ありがとうございました。でも、たまには外れてもいいじゃないですか。死ぬ占いなど。貴女も早くそんなしがらみから解放された方がいい」

「私の占いは絶対です」

フードの女の手元にきらりと光るものが見えた。そして、それが男性に吸い込まれていく。

なんていう風に見えた。馬鹿馬鹿しい。ただの想像だ。ここまで会話が聞こえてくるわけがない。ただ、なんとなくそんな気がしただけだ。もう踊ることはできないが、小説くらいなら書けるかもしれない。ふと、そんなことを思う。

窓を閉め、また看護師さんを呼ぶ。あの二人は抱き合っていただけかもしれない。もしそうなら、メンヘラ曰く彼は生きていけるのだろう。移動中、女の高笑いが聞こえてきたのは気のせいか。看護師さんがベッドに寝かせてくれる。また、真っ白い世界に戻った。

二　楼《つき》

ボーッとしていた。ボーッと。ボーッと見つめていた。白い世界を。ボーッとしていたら、少し部屋の外が騒がしくなる。それで現実に戻された。パトカーのサイレンと従業員の駆け巡るような騒々しさがあった。一体何があったのか。

今の僕は楼閣に囚われた遊女のようだと思った。外に出ようと思えば出られなくもない。ただ、出たところで連れ戻される。自由が無いわけではない。ただ、それは制限された中での自由だ。五体満足とはいかない。この楼閣にあるのは憂鬱と苦痛だけ。いつしかそこは僕達を人でないものに変えてしまうのだろう。そんな気がした。

昔、楼〈つき〉という名の魔女の話を読んだことがある。その本によると、魔法とは欠けたものを埋めるために備わるものなのだそうだ。楼はいつも暖炉を見つめていたらしい。欠けた世界を見つめていたらしい。ボーッと。ボーッと。

もし、占いが必ず当たるのなら、もうそれは予言とか魔法のそれと同じなのだろう。あの女の人はメンヘラだった。普通の人はメンヘラにはなりえないだろう。きっと、何かとてつもない欠陥を携えていたに違いない。そしてそれが、占いという特殊能力をあの女の人に与えたのだろう。逆を言えば、占いを切り離したらあの女の人は生きていけない存在になる。大きな穴ぼこを埋めるために占いが支えていたはずなのに、それがすっぽりなくなってしまうからだ。凄い抵抗が表れるはずだ。物凄く力強く、破壊的な、衝動的な、本能が、存在を支え直すために。それがなければ、楼閣に囚われた遊女のように人でなくなってしまうのだろう。

楼もまた遊女だった。母を早くに亡くし、父は多大なる借金を残して失踪。そのツケを払うために囚われてしまった。それが楼の十四のとき。これが事実なら笑えない話だ。

そう言えば、楼の小説は実体験を基にして創られていたものだと著者は言い張っていた。つまりは小説ではなくドキュメントだと。勿論魔法が出てくるドキュメントなど誰も信じはしなかったが、それでもその小説には妙な説得力があった。魔法がどういうものであるかをしっかり書いてあったからだ。

楼は十七を迎えたときに、とある資産家に拾い上げられた。今度は遊女としてではなく、メイドとして仕えることになる。傍から見れば、鎖で繋がれているような状況に変わりがないが、楼閣に比べれば幸運な状況だ。少なくても楼にとってはとても幸運なことだった。楼はその資産家に恋をしたのだから。その瞬間から楼は人間に戻れた。人間として、一人の女として生きていけたのだ。二十五の歳を迎えるまでは。

資産家に結婚の話が舞い込んできたのだ。そのとき資産家は三十二。確かに結婚するならそろそろしなければという歳だ。何よりも、彼の抱える財閥のメンツもある。資産家は政略結婚を強いられた。

当然、楼は絶望した。そして、そのとき発現した。所謂魔法が。資産家は楼と駆け落ちしたのだ。無論、それが本当に魔法なのかどうかはわからないが、少なくとも楼にとっては願ったり叶ったりだった。好きな人と一緒になれるというだけではない。売春、そしてメイドという繋がれた呪縛からの解放でもあったのだから。そこからは一人の女として生きていける。自由な世界で。好きな人と。

ただ、その魔法も三ケ月ばかりで効果が切れてしまった。彼は家へと連れ戻されてしまったのだ。そして二人は死ぬまで会えずに生きていくことになった。と、いう話だ。

もし、魔法が本当に欠けたものを埋めるために備わるものだとするのなら。僕も使えるのではないだろうか。もし、使えるならば、あの小説は著者の言う通りのドキュメントだったのだろう。そんなことを思って、手を前に突き出してみた。

動け、動け、動け。

何も起こらなかった。自分の手を見つめてみる。何の変哲もない手だ。足りないのだろうか。悲しみが。楼は確かに悲惨だったろう。でも、僕だって負けてはいない気がする。いや、そんなことないのかな。

ふふっと笑いが出る。馬鹿げた話だ。魔法だのを、小説だのを真に受けるなど。なんか、考え疲れた。少し寝よう。そう思って、静かに瞳を閉じた。

三　月夜見尊

目が覚めると、日がだいぶ傾いているのがわかった。陽光が角度をつけて窓から差し込んでいる。目の前がぼんやりと滲んでいるようだった。

夢を見た。いや、夢なのだろうか。頭の中で今朝方の出来事が反芻されている。寝ても覚めても。反芻されている。今朝はちょうど、今みたいに目を覚ましたのだった。真っ白な空間が目の前に飛び込んでくる。天国かと錯覚するほどだ。最初、自分のいる場所がわからなくて、ぐらぐらと落ちるような感覚が押し寄せてきた。と、自分でない息遣いが聞こえてくる。そこで漸く自分がまだ生きているのだとわかり、世界がはっきりとしてきた。一人の女性が、自分のいるベッドに突っ伏している。僕は、しばらくその様を見つめていた。

顔をこちらに向けている。

髪の毛が少し顔にかかっている。

寝息が静かに聞こえてくる。

髪の毛を払ってあげようと思った。

肌が触れる。

女性は目を覚ました。

「おはよう」

静かに語り掛ける。

「あっ」

女性は目を開けたかと思ったら、そのまま目を見開いて涙を溜め始める。

「良かった」

女性はうん、うんと頭を縦に振っている。それでいて何かをしゃべろうとするが、上手く言葉にならないらしい。ガラガラ声が呻いているようにしか聞こえてこない。それがおかしくって僕は笑った。すると、女性も釣られて笑う。そして、泣いた。止めどなく。泣いた。ひとしきり大きく泣いて、それが収まらぬうちに僕に顔を向ける。そして、苦しそうに、すごく苦しそうに、絞り出すように言った。

「もう、踊れないんだって」

静かに鳴っていた心臓の鼓動が速くなる。体中に血液を送った。隅々まで血液を送って確かめる。

ああ、本当だ。ここが動かない。

目の前の世界が踊るように揺れ動く。

ああ、動けない。

動かない。

踊れない。

世界は踊っているというのに。

目から何かが零れていく。ステージを思い浮かべた。何万人も入るようなステージだ。僕はその中心にあるステージで踊っている。夜だった。夜だったけども暗くない。明るすぎるくらいだ。活気がある。野外だった。活気は遠い隣の国まで届いてしまうほどだった。世界が滲んでいく。滲んでいって、零れていく。零れていってしまう。

待って、行かないで。

そう言って僕の思いが滴となって、手を伸ばすのだが、その滴も一緒に連れて行ってしまう。

待って、待って、行かないで。

連なった滴は、いつの間にやら滝のように流れていた。そして、滝が轟音をあげる。

「ごめんね。私のせいだ」

女性が伏せがちにそう言った。私のせい。女性のせい。どういうことか。ああ、そうか。どうしてこうなったのかを思い出した。

雪が積もっていた。バイクが爆音を鳴らして後ろからやってきた。女性は驚いて、雪に足を滑らせて転びそうになった。僕は転ばないように支えようとした。そしたら僕まで滑ってしまった。勢いで道路まで出る。バイクが来た。バイクが既のところで僕から逸れた。バイクは電柱にぶつかった。破片が飛び散る。そう思って、僕はとっさに女性を覆うように膝立ちになった。背中から強い衝撃が走る。色んなものの感覚が飛んだ。痛くはない。ただ、何かが自分の中から飛んでいった気がした。苦しくなって、そして、気を失った。

女性のせい。バイクのせい。雪のせい。僕のせい。神様のせい。わからない。女性が女性のせいというのならそうなのだろう。女性のせいだ。

「どうしてくれるんだ」

何かが爆発した。自分の中で何かが爆発して、僕は粉々になった。爆発した破片が女性に突き刺さる。女性の顔が、破片のせいでぐしゃぐしゃになった。

「ごめん。ごめん。ごめんね」

うねるように女性は身体を前後に揺らしながら、ごめんねと言い続けた。僕は小さくなっていく女性を見て、後悔する。女性のせいなどではない。女性のせいだけではない。僕はなんてことをしてしまったのか。

「「別れよう」」

どちらともなくに、そんな言葉が紡がれた。少しびっくりして、時を止め、お互い見つめ合う。ほんの少しだけ笑った。二人で。そして、時が動き出す。笑っている顔はぐしゃぐしゃになり、女性は駆け出した。

思い出していたら、また滴が落ちてきた。あれだけ零したのに、まだ残っていたとは思わなかった。僕は心で少しだけ笑った。

小説で魔女が言っていた。強く強くイメージすれば、それは現実に起こるのだと。僕は、強く強くイメージしてみた。

女性と出会ったあの場所に、もし彼女が来たならば、僕の想いを伝えて欲しい。噴水が出るあの広場で、噴水よりも勢いよく高らかに、好きですと、伝えて欲しい。君は僕の太陽で、僕は月であったのだ。二人いなくては地球を照らせない。僕らは地球に住んでいる。光が無くては生きてはいけない。僕らは星の巡り合わせ。この世界を照らす天照大御神と月夜見尊なんだ。でも、僕は、月であることに慣れすぎてしまっていたようだ。光を受けるだけで自分からは輝かない。それでは君も疲れるだろう。

だから、今度は僕が太陽となってみせるさ。だから、だから、戻って欲しい。

ううん。違うな。馬鹿げている。もう、僕のエゴは押し付けないよ。ただ、君が幸せであればいいさ。

四　序《つき》

「よう、少年。元気か」

快活な男がドアを開けていきなり入ってきた。いつの間にか夜になっている。この男と会うと、感傷に浸っていた自分がどうしようもなく阿呆に思えてくる。

「もう、少年ってほど小さくないけど」

「おーう、そうだったな。青年」

はぁ、本当に阿呆らしい。なんでこのタイミングなんだ。

「何やら、足が動かなくなったと聞いたが」

どうしてそう、人が気にしていることをぬけぬけと快活にしゃべれるのだこの男は。常識を疑うよ、本当に。

「おっと、その前に久しぶりだったな」

遅いよ。遅すぎるよ。なんかもう疲れる。この人。

「まあ、暇だろうからたくさん持ってきたぞ。さあ、隈なく読むのだ」

そう言って男はベッドの上に本をぞろぞろっと落とす。ちょうど傷のある腹の上に。

「いてて」

「おう、ごめん」

ごめんじゃないよ本当に。怪我人を何だと思っているんだ。それにーー。

「これ全部読んだことあるよ。お父さんのでしょ。子守話でお母さんが読んでいたし。小学校に上がってからも、読め読めって散々言われて、もう全部頭に入ってるから」

そう、僕の父は小説家で序《つき》という名で活動している。

「ちっちっち、青年よ。文学というのは年を経る毎に趣を変えるのだ。名作は何度読んでも新たな趣を君に与えてくれるのだよ」

自分の作品を名作と言える根性が凄いよ、本当に。

「それに、君は今人生の絶望を感じているはずだ。人はそういうときに成長し、新たな境地へと昇華されていく。つまり、人生観が変わったはずなのだ」

全く以て余計なお世話である。この男に言われるとイライラはしないが。

「はいはい。わかったわかった。母さんは」

父と母は所謂おしどり夫婦である。父がこうなったのは、母と出会ってからだと聞く。いや、まあ、小説に書いてあることを鵜呑みにすれば、ある程度推察できるが。

「母さんは今日は来ない。今日は森の日だ」

二人は当初森で暮らしていたのだが、そこに住んでいたおばあちゃんが亡くなったため、それからはすぐ北の都市に移り住んだ。亡くなったおばあちゃんは血こそ繋がっていなかったが、特に母にとっては大事な人だったらしい。今日はその命日だったか、そういえば。

「母さんもだいぶ悩んだんだが、まあ、わかってやってくれ」

まあ、正直母さんまで来なくてもいいとは思った。先も言ったが、二人はおしどり夫婦だ。正直、二人いるとうざい。一人でもうざいのに。

「まあ、そんなうざそうな顔をするな。青年。たまにはいいではないか、父子水入らず」

ヌケヌケと人の領域に勝手に入ってくる奴と二人きりなどごめん被る。

「大丈夫だから、もう帰っていいよ」

そう言って、窓の方を見る。もう外からは光が入ってこない。

「ほう、大丈夫か。あまりそうは見えないがな。青年よ。聞くが良い」

そう言って男は大げさに息を吸った。

「魔法が使えても、人を殺したりするようなことに使ってはいけないぞ」

急に声を落として、真剣な面持ちでそう言った。こういうところは凄く父らしい。いや、わかっている。父がわざと明るく振る舞ってくれているということは。親子だからよくわかっているのだろう。僕がどうやったら明るくなれるのか。暗い闇に囚われないのか。うざいけど、有り難い。

「魔法なんて使えないよ」

呟くようにそう答えた。魔法が使えたら、怪我など治せるだろうに。

「いいや、君は使えるさ。なんたって、母を魔女に持ち、偉大なる父もまた魔法使いなのだから」

そうは言うが、僕は二人が魔法を使っているところを見たことが無い。いや、父に言わせれば魔法とはメルヘンの類いのそう言ったものではなく、現実的なものなのだという。例えば、父が自らを魔法使いだと豪語するのは、父が小説を書けるからである。父にとっては小説が魔法なのだ。

「小説の書き方なら、いくらでも教えてやるぞ」

「いや、いいよ。たぶん向いてない」

父のようにマジカルに小説を書くことはできないと思った。かと言って、現状やりたいこともないが。

「そうか、まあ困ったことがあったら、何でも相談しなさい。私も母さんも、いつもお前の傍にいるから」

「ありがとう」

僕がそう言うと、父はニカッと笑い返してくる。

「よし、では。新しい魔術の開発に勤しむため、この辺りで失礼するよ。題は、『つきのワルツ』だ。踊ることができなくなった青年が奇跡の復活を果たし、大衆の前で踊る話だ。私の魔法で、青年の足を治してしんぜよう」

「ありがとう」

全く父にはいつも翻弄される。翻弄されるが、いつもありがとうと言いたくなる。本当にすごい人だよ、この人は。僕の知っているただ一人の魔法使いだ。

「ちゃんと、書いてよ」

「ああ、勿論だ」

父はそう言って部屋から出ていく。なんて白々しい人だろう。ずっと、明るいままだった。もっと、まともな人だろうに。

五　つきあいたい

この白い部屋はどうしてこんなにも白さに拘るのか。朱に交われば赤くなるという言葉がある。もしかしたら、この白さは黒くなってしまう人を白くするために作られているのかもしれない。ただ、黒という色は強い。何に混ぜてもその色は黒くなるし、黒く滲む。だから、黒を白に染めるには大変な白さと時間が必要だろう。白を混ぜ続けなければ、白には染められないだろう。

父は『つきのワルツ』を書くと言った。しかし、ワルツとは二人で踊るものだ。僕にはその相手がいない。パートナーがいなければワルツなど踊れない。お見合い相手でも探してくるのだろうか。正直、今は誰とも付き合いたくはない。

夜も耽って、だいぶ遅くなってきた。看護師さんが晩御飯を片付けて、どれくらい経ったろうか。そんなことを思っていると、部屋の外から、急に誰かが走る音が鳴り響いてくる。段々、段々大きくなり、部屋の前で止まった。

ドクン。

何か、何か懐かしいものを感じる。女性の匂いだ。看護師さんではない。母親でもないもっと、もっと身近な人だ。扉の外で幾ばくか佇んでいる。何故入ってこないのだろう。息を整えているのか。迷っているのか。迷うことなんてしなくていい。早く、入ってきて。

そう願うと、扉がゆっくり開いた。やっぱりだ。彼女だ。彼女がゆっくりと、目を伏せがちに入ってきた。ゆっくりと、ゆっくりと。姿が全て見えたときに、彼女は立ち止まった。立ち止まって、今度はゆっくり顔を上げる。

ああ、あのときと同じだ。初めて話したあのときと。彼女はあのときどうしたか。確か、しどろもどろになっていた。目が合った瞬間に、駆け出して行ってしまった。僕は何が何だかわからなかったけど、なんだか残念な気分になった。もっと、話してみたいと思った。

彼女が顔を上げきったとき、目が合った。僕はすかさず、言葉を発する。もう駆け出さないように。

「おかえり」

するとと、彼女はその場に崩れ落ちてしまった。崩れ落ちて、わんわん泣き始めた。僕は彼女に泣いて欲しくなくて、もう一度声を掛ける。

「おかえり」

彼女は顔を上げて、ぐしゃぐしゃな笑顔を向けてくる。

「ただいま」

もう、会えないと思っていた。もう会えないと諦めていた。また会いたいと思っていた。また一緒にいたいと思っていた。そんな言葉を口にする。

「また、会えたね」

彼女は首を何度も縦に振りながら、また立ち上がる。

「うん、また、会えた」

彼女の想いが伝わってくる。色々な色を帯びていた。そうか、この世界は白と黒だけではないのだ。そんなことに気付かされる。彼女の言葉から、出て行ってから何が起こり、何を感じて、どうして戻ってきたのか。なんとなく伝わってきた。

「好きです」

僕は静かにそう言った。彼女に言わせたきりになっていたその言葉を。やっぱり、こういうのは男から言った方が良いだろう。

彼女はそれを聞いて目を見開いた。そして、また泣く。そして、何か言っている。何か言っているが、泣き声が混じって何を言っているかわからない。ただそれも、時間と共にはっきりしてくる。

「んきでぇす。私も、好きです」

僕はにっこり笑い掛けて、もう一つの言葉を言う。

「付き合ってくれますか」

彼女は僕に駆け寄って、僕の身体に抱きついた。抱きついて、耳元でこう言う。

「私も、付き合いたい」

僕は彼女を抱きしめ返して、今度は夢を語った。

「もう、踊れなくなったけど。君にまた会えて、夢ができたよ。二人で踊りたい。ワルツを、二人で。僕の右足は不自由だから、リードしてくれるかな」

彼女は僕の身体に埋めていた顔を離し、僕の顔を覗き込む。彼女の瞳に映る僕は、朗らかだけどしっかりとした目つきをしている。

「うん。踊りたい。私、ダンス覚えるよ。誰よりも上手くなって、リードするね」

彼女は笑顔になっていた。凄く温かな笑顔で僕の中に入ってくる。

「お願いします」

そう言って、もう一度彼女を引き離す。彼女は一瞬戸惑って、困惑した表情になる。

僕はそんな彼女にお構いなしにキスをした。誓いのキスだ。二、三秒で離れると、彼女の目が飛び出そうになっているのが見える。僕は、以前彼女がやっていた小悪魔のような笑みを浮かべた。

「もう、ずるい」

そう言って、今度は彼女の方からキスをしてくる。今度はさっきよりもずっと長い。長い長いキスだった。キスを終え、二人でもう一度抱き締め合う。しっかりと。もう零れ落ちないように。

著者プロフィール

桃丞 優綰（とうじょう ゆうわん）

1988年7月31日生まれ。
You 1 プロジェクト代表。
2018年1月 「朝が来て、晩が来る」の舞台上演をする。
同　年9月 朗読劇「黄昏が変わる頃」を上演。
2020年 朗読劇「僕はヒーローだ」をぐうにいずケアセンターで上演。
同　年 ボードゲーム「十種の神器」を販売。
2021年 朗読劇「うるわしの少女」をぐうにいずケアセンターで上演。
2022年 体験型朗読ストーリー（ツイログ）の「予告された死」を発表。

朝が来て、晩が来る

2023年4月15日　初版第1刷発行

著　者　桃丞 優綰
発行者　瓜谷 綱延
発行所　株式会社文芸社
〒160-0022　東京都新宿区新宿1－10－1
電話　03-5369-3060（代表）
03-5369-2299（販売）

印　刷　株式会社文芸社
製本所　株式会社MOTOMURA

ISBN978-4-286-29056-0